刀剑神域
REKI KAWAHARA abec bee-pee
SWORD ART ONLINE
026
unital ring V
[日]川原砾/著 [日]abec/绘 一寒/译
SAO SWORD ART ONLINE
SPM
南方传媒
花城出版社

§ 爱丽丝
Under World的整合骑士，世界上第一个真正的泛用型人工智能。
§ 亚丝娜
桐人的恋人，被赋予了“创世神史提西亚”的神力，传说中的“星王妃”。
“那只老鼠还会游泳啊……”
§ 史蒂卡
蒂洁·修特利尼的后人。年仅十二岁便在星界统一武术大会上与罗兰涅一同获得了冠军。

“认真游起来会比鱼还要快。”
§ 艾莉
原本是中央大圣堂的“升降员”，Under World大战后转入机龙工厂工作。
§ 罗兰涅
罗妮耶·亚拉贝尔的后人，也是整合机士团的一员。在被宇宙兽“深渊之恐惧”袭击时被桐人一行救下。
“咕噜噜噜，啾——！”

§ 桐人
引导SAO走向通关，为Under World带来和平的少年。在两百年后的世界被人称作“星王”。
§ 艾欧莱恩
Under World全军的顶点——整合机士团的首领。与桐人一同前往阿多米纳星。
“放下枪和剑投降吧，
你的所作所为
已经明显背叛了星界统一会议。”
“Enhance armament.”

§ 伊斯塔尔

与冰冷的美貌恰恰相反，散发着黑焰般的气场的神秘人物，被人称作“阁下”。

角色介绍

桐人

曾经让“Under World大战”走向终结，被人们尊称为“星王”的少年。在*Unital Ring*中与伙伴们一起建设了拉斯纳里奥镇，努力通关游戏。

亚丝娜

在“Under World”中与“星王”并称为“星王妃”的少女。和SAO时期一样，在*Unital Ring*里面也作为轻剑士奋斗在第一线。

UNITAL RING

桐人的伙伴们

结衣

桐人和亚丝娜的“女儿”。在*Unital Ring*中成了一名普通玩家，运用短剑和火属性魔法进行战斗。

莉法

桐人的妹妹。以“刚力”能力与变种剑活跃于前线的前卫。

诗乃

在*Unital Ring*中是一名使用滑膛枪的枪手。副武器是参宿五SL2。

西莉卡

短剑手。善于驯服怪物，和小龙毕娜、“棘针洞穴熊”米夏等怪物一同战斗。

莉兹贝特

锻造师兼战锤手。从ALO继承了锻造技能，还负责为伙伴们制造武器和防具。

阿尔戈

曾以情报贩子身份活跃于SAO的玩家。活用自身的灵敏性，作为斥候大展身手。

艾基尔

在ALO是斧战士兼商人。拥有“顽强”能力，作为一名“坦克”支撑着前线。

克莱因

在ALO使用日本刀，继承了“追踪”技能，现将武器改为弯刀，担任前卫。

其他玩家

莫克里

ALO玩家，试图暗算桐人却被打败。

海米

*Insecsite*玩家，在现实世界中是艾基尔的妻子。

弗里斯科尔

曾是穆达希娜大军的斥候，被桐人一行抓住。

爱丽丝

和桐人等人一起为Under World带来了和平的骑士，如今仍以“金桂骑士”之名传颂于世。在*Unital Ring*中使用变种剑。

假想研究会

穆达希娜

“假想研究会”的首领。以“不祥之人的绞环”及百人规模的军队向桐人发起了进攻。

维奥拉

一身黑衣的单手剑士。“假想研究会”的一员，与桐人一行为敌。

黛娅

“假想研究会”的一员，外表与维奥拉并无二致，是实力与桐人和亚丝娜平分秋色的强敌。

玛吉斯

身着漆黑长袍的高大暗魔法师。被认为是煽动莫克里的神秘人物“老师”。

伊塞尔玛 NPC

居住在拉斯纳里奥镇的巴钦族首领，也是一名使用宽刃弯刀的女战士。

UNDERWORLD

艾欧莱恩·赫伦兹

年仅二十岁便就任整合机士团团长的青年。和桐人的故友有着一样的眼睛和声线。

罗兰涅·亚拉贝尔

罗妮耶的后人，整合机士，Blue Rose中队的王牌，年仅十二岁便夺得了星界统一武术大会的冠军。

史蒂卡·修特利尼

蒂洁的后人，和罗兰涅同为Blue Rose中队的王牌，是她的好友和劲敌。

拉赛·科因特

整合机士团二级操士，隶属于Cattleya中队。奉艾欧莱恩之命将桐人带到了宇宙军基地。

欧瓦斯·赫伦兹

初代整合骑士团长贝尔库利的后人，星界统一会议现任议长，也是艾欧莱恩的养父。

波哈尔森

北圣托利亚卫士厅长官。怀疑桐人使用了心意兵器而将其逮捕，准备对他进行审讯。

费尔希·亚拉贝尔

罗兰涅的弟弟，就读于北圣托利亚幼年学校初等部。为无法发动秘奥义而苦恼不已。

赛鲁卡·滋贝鲁库

爱丽丝的亲妹妹。被施加了Deep Freeze术式，在中央大圣堂第八十层进入了长久的沉睡。

角色介绍

归还者学校

神邑樒

突然转学到归还者学校的少女。出身于RECT的竞争对手企业“KAMURA”创始人的家族，试图接近明日奈。

帆坂朋

与樒同时转入归还者学校的少女。同时还是MMO Today的撰稿人和调查员。

桐谷和人
（桐人）

高二学生，是明日奈的恋人。想要考入东都工业大学，希望将来在RATH就职。

结城明日奈
（亚丝娜）

高三学生，和人的恋人。精英家庭出身，父亲是RECT的前CEO，母亲是大学教授。

绫野珪子
（西莉卡）

就读于归还者学校的少女。通过VRMMO与和人他们建立了深厚的情谊。

筱崎里香
（莉兹贝特）

和明日奈一样是高三学生，是朋友中的开心果。

其他

爱丽丝

在Alicization计划中经过与结衣恰好相反的程序诞生的真正自下而上型AI。

桐谷直叶
（莉法）

和人的妹妹，现在读高一，仍在学习哥哥放弃了的剑道。在学校也加入了剑道部，担任副部长。

朝田诗乃
（诗乃）

与和人他们不在一所学校上学的高一学生。曾被桐人救过一命。

壶井辽太郎
（克莱因）

就职于小型进口企业的公司职员。与和人他们是忘年的游戏伙伴。

安德鲁·基尔博德·密鲁兹
（艾基尔）

位于御徒町的咖啡厅兼酒吧Dicey Cafe的店主，和人一行经常在这里聚会。

茅场晶彦
（希兹克利夫）

一切故事的起点——*Sword Art Online*的开发者。已故。

RATH

菊冈诚二郎
（克里斯海特）

原总务省虚拟课的二等陆佐。曾在RATH担任Alicization计划的指挥官。

神代凛子

RATH现任负责人，曾参与Medicuboid开发的科学家。茅场的恋人。

比嘉健

RATH主任技师，对爱丽丝的机械身体进行了改良。是茅场和凛子两人大学时期的后辈。

SAO SWORD ART ONLINE

“这虽然是游戏，但可不是闹着玩的。”

——“SAO 刀剑神域”设计者 · 茅场晶彦

SWORD ART ONLINE
unital ring V

reki kawahara

abec

bee-pee

026

图书在版编目（CIP）数据

刀剑神域. 026, Unital Ring. Ⅴ / (日) 川原砾著;
(日) abec绘 ; 一寒译. -- 广州 : 花城出版社, 2023.6
ISBN 978-7-5360-9981-4

Ⅰ. ①刀… Ⅱ. ①川… ②a… ③一… Ⅲ. ①长篇小
说—日本—现代 Ⅳ. ①I313.45

中国版本图书馆CIP数据核字(2023)第067695号

合同版权登记号：图字 19-2022-153 号
原著名:《ソードアート·オンライン26 ユナイタル·リングⅤ》，著者：川原礫，绘者：abec，设计：BEE-PEE
SWORD ART ONLINE Vol.26 UNITAL RING V

Edited by 电击文库
First published in Japan in 2021 by KADOKAWA CORPORATION, Tokyo.
Simplified Chinese translation rights arranged with KADOKAWA CORPORATION, Tokyo.

本书为引进版图书，为最大限度保留原作特色、尊重原作者写作习惯，故本书酌情保留了部分外来词汇。特此说明。

出 版 人：张　懿
责任编辑：欧阳佳子　林佳莹
特约编辑：张　妍
责任校对：汤　迪
技术编辑：薛伟民
装帧设计：何旋璇

书　　名	刀剑神域 026 DAO JIAN SHEN YU 026
出版发行	花城出版社 （广州市环市东路水荫路11号）
经　　销	全国新华书店
印　　刷	中华商务联合印刷（广东）有限公司 （深圳龙岗区平湖镇春湖工业区中华商务印刷大厦）
开　　本	787 毫米 × 1092毫米　32 开
印　　张	6.5　4插页
字　　数	160,000 字
版　　次	2023年6月第 1 版　2023年6月第 1 次印刷
定　　价	38.00元

联系地址：中国广州市黄埔大道中309号 羊城创意产业园3-07C
电话：（020）38031253 传真：（020）38031252
官方网址：http://www.gztwkadokawa.com/
广州天闻角川动漫有限公司常年法律顾问：北京市盈科（广州）律师事务所

SWORD ART ONLINE

目录

CONTENTS

1

“赛鲁卡!!”

整合骑士爱丽丝·辛赛西斯·萨蒂饱含深情地呼唤那个名字，像一阵风一样跑了起来。

她戴着的蓝色制帽因不敌风压而飞走，长长的麻花辫亦猛地上下翻飞。我立马抓住她的帽子，匆忙追去。

同行的亚丝娜、整合机士团团长艾欧莱恩·赫伦兹及他的部下——机士罗兰涅·亚拉贝尔、史蒂卡·修特利尼也随后追上。爱丽丝短短几秒便冲上平缓的绿色斜坡——位于中央大圣堂第八十层云上庭园中央的人工山丘，在离顶部还有一小段距离的地方停下了脚步。

平坦的山丘顶上有一棵枝叶茂盛的古老阔叶树，虽然没有开花，但我还是仅凭直觉就知道了这是一棵金桂树。

很久很久以前——我的主观时间是两年前，在Under World则是两百年前，我曾和尤吉欧一起踏上第八十层，当时这座山丘上也有一棵金桂树。只不过那不是真正的树，而是整合骑士爱丽丝的神器“金桂之剑”为了吸收神圣力而变幻的形态。

现在那把剑已经作为钥匙插进云上庭园大门的解锁装置里了，所以这棵树应该是异界战争后重新种的真树……但现在还有更重要的事情。

“赛鲁卡……”

爱丽丝再次轻声呢喃，迈着僵硬的步子走入树荫。

一位少女就像被金桂树守护着似的端坐在她面前。

少女头上裹着白色的头纱，身着同色的法衣，两眼紧闭的脸庞、放在膝上的双手都白得像雪花石膏一样，质感冰凉得让人感觉不到一丝生气，但说她是石像又未免太过精致了。这是真人被石化——被施加了Deep Freeze术式。

我很熟悉这位少女的容貌和名字，虽说比我记忆中的模样成熟了一些，但毋庸置疑，她就是爱丽丝的亲妹妹——赛鲁卡·滋贝鲁库。

本来她应该还在人界最北端的卢利特村当见习修女，我不知道她被石化冻结在中央大圣堂之前具体经历了什么，不过两个月前，我经过漫长的昏睡，在RATH六本木分部醒来时，似乎是这么对爱丽丝说的。

——你的妹妹赛鲁卡，选择了进入Deep Freeze状态等你回去。她正睡在中央大圣堂第八十层的那个丘陵上。

现在的我已经失去了赛鲁卡被冻结在这里和把这件事告诉爱丽丝时的记忆，但爱丽丝、亚丝娜和我还是抓住这唯一的线索，在艾欧莱恩他们的帮助下来到了这里。

身穿机士团蓝色制服的爱丽丝跪到沉睡的赛鲁卡面前，伸手碰了碰妹妹的双手，可惜石化冻结丝毫没有因此解除的迹象。

“赛鲁卡……”

听到爱丽丝从喉咙里挤出的微弱声音，亚丝娜便走到她旁边跪下，把手放到了她颤抖的后背上。我也很想尽快让赛鲁卡恢复，但解除Deep Freeze状态估计要用到专用的术式，我自然是不会用这个术式的，兴许也就公理教会的元老长丘德尔金和最高祭司阿多米尼斯多雷特之流才知道怎么用。

我环顾四周寻找线索，发现赛鲁卡左右两侧一米开外的地方各站着一名女子，像是在守护她一样。

看这表面的质感，她们似乎也被石化冻结了。两人都穿着长及脚边的长袍，把双手放到了身前那把刺入地面的长剑的剑柄上，身上没有披甲，长袍前却绣着一个熟悉的十字圆纹章，肯定都是骑士吧。看着都是二十五六岁的样子……看到这里时——

“欸……”

我惊叫出声，来回端详左右两名女子的面容。

两人的外貌年龄和我记忆中的很不一样，可是看她们的面相和气质，这可能是……

于是我立刻转身，看向有所顾虑地站在远处的机士团团长和两名机士，向他们招了招手。

“那……那个……史蒂卡和罗兰涅，你们过来一下。”

被叫到的两人同时茫然地眨了眨眼，但很快就一齐答道：“是！”

我让先爬上斜坡的史蒂卡站到左边的女骑士旁边，又让罗兰涅站在右边的女骑士身边，仔细比较。

好像！史蒂卡和罗兰涅再长十岁就会出落成这两位女骑士的模样了吧——她们和自己的七世祖长得几乎一模一样。

也就是说，这两位女骑士……

“难道是……罗妮耶和蒂洁？”

我茫然低语道。最先回应我的是两位少女机士——

“欸欸?!”

“不会吧?!”

她们高声惊呼完便以一只脚为轴转过身去，看向比自己高一些的女骑士。

跪在赛鲁卡面前的爱丽丝和亚丝娜也猛地回头，先看了看我才站起身来，分别观察起了左右两位骑士。

过了一会儿，亚丝娜用双手捂住嘴巴，声音沙哑地说：

“真……真的是罗妮耶小姐，然后这位是蒂洁小姐……可是为什么……”

我也同样不敢相信——我一直以为罗妮耶和蒂洁在异界战争结束后各自结了婚，有了孩子，还把孩子养育成了伟大的骑士，在度过数十年的幸福人生以后就回归光立方集群了。她们的遥远后代——罗兰涅和史蒂卡就在眼前，至少能确定她们有自己的孩子。

但我不知道那之后发生了什么。或许是当时还很年轻的她们刚生完孩子就进入了石化冻结状态，可是这意味着两人在孩子尚在襁褓时就选择与其永别了，我实在不认为那么温柔的两个人会把这样的命运强加到自己孩子身上。

难道罗妮耶和蒂洁不是自愿被石化在这里的？如果真是这样，两百年前到底出了什么事？

在庆幸两人的摇光还没有消失的同时，我的内心也产生了同样巨大的疑问。我正无言伫立，爱丽丝就突然走了过来，抓住我的左肩说：

“桐人，能用你的心意解除赛鲁卡、罗妮耶和蒂洁的石化吗？”

“欸……欸欸?!”

我愣了一下，随即认真考虑这个可能性。不过……

“我不会说绝对办不到……但我还是希望能用正确的术式解除。把雨缘和泷刳变回一颗蛋的时候，我只是想象了一下时间回溯，可我完全不知道要想象些什么才能让进入Deep Freeze状态的人恢复原状。要是乱用心意，导致未能完全解除……”

一听到这句话，爱丽丝就用刚刚放在我肩膀上的手堵住了我的嘴。

“我知道了，不用再说了……但我也没听说过Deep Freeze的解除术式……”她沮丧地说，又将手从我嘴上挪开，看向站在后面的年轻机士团团长，“艾欧莱恩，你知道吗？”

而他的回答和我预想的一样。

“非常抱歉，我只在文献中看到过与Deep Freeze有关的知识……今天也是第一次亲眼看到被冻结的人。”

“这样啊……”

见爱丽丝垂下眉梢，亚丝娜便伸出右手抚上她的脊背，说：

“没事的，爱丽丝。桐人不是说过赛鲁卡小姐在这里等你吗？要是没有解除石化的方法，他是不会那么说的。”

其实我很想点头附和，但遗憾的是，我已经完全没有那时的记忆了。假如那个什么星王真是这样对爱丽丝说的，那他起码也该在这里留下解除石化的卷轴或者药剂什么的吧。

星王这家伙真是……数不清第几次在心里这么抱怨过后，我也动身向爱丽丝走去。

“爱丽丝，我们先继续前进吧。上层说不定会有解除石化的术式或者道具。”

“说得……也是……”

爱丽丝点点头，俯身再次摸了摸赛鲁卡的脑袋才将目光移向金桂树后方。

从山丘的另一面走下去，一扇和身后那扇一模一样的大门就耸立在眼前，门后面应该有通往第八十一层的楼梯，我的印象却莫名淡薄，我想了好一会儿才明白个中原因——

在前往最高祭司阿多米尼斯多雷特所在的最顶层途中，我和尤吉欧曾在这个云上庭园与整合骑士爱丽丝对战。我们很快就被爱丽丝那华丽而壮阔的剑术逼到了墙角，我发动了足以扭转局势的武装完全支配术，但失控的力量让大圣堂的外墙开了一个大洞，我和爱丽丝随之被吹飞出去。

——把你的手放开！让我掉下去！

当时我好不容易才成功说服胡搅蛮缠的骑士大人，沿着外墙爬回了塔里。现在想想，严格来说，在第八十层的那场离别也许就是我和尤吉欧漫长旅途的终点了。

如果那时我没有从塔上掉下去……或者我们三人一起掉下去，说不定……

我甩开这短暂的想象，对大家说：

“我去取回解锁装置上的剑，你们等我一下。”

“桐人大人，这种小事就交给我们……”

听到这话，我伸出右手截住了史蒂卡的话头。

“在Real World，让女孩子搬那种重得要死的东西可是和违反《禁忌目录》同等的重罪啊。”

我生涩地试着开了个玩笑，但史蒂卡和罗兰涅都只是茫然地眨着眼睛，而亚丝娜神情严肃地批评了我：

“对女孩子说这种话也是重罪哦，桐人。”

“失……失礼了。”

闻言，我不禁缩了缩脑袋，准备转身跑回山丘上，而在我踏出一步的那一刻——

咔嚓！封闭的庭园里忽然响起了沉重的金属声。

来时也听见过这个开锁声，但我眼前的大门依然敞开着，也就是说……

我以最快速度回过头去，就听到爱丽丝低声喊了一句：

“桐人，里面的门！”

随后我慌忙跑向金桂树，在树荫下俯视庭园的南面，正好看见平缓斜坡下方、河桥对面的那扇大门在缓缓打开。

只有从我们这边看去是在左侧的门扇动了，门后不像有一大帮人，但现在我、亚丝娜和爱丽丝都没有带剑，虽说危急时刻可以用心意力把剑从解锁装置上抽回来，但这恐怕会被北圣托利亚卫士厅的心意计检测出来。

——要是有麻烦的敌人出现就立马逃跑好了。

我这样告诫自己，死死盯着徐徐扩大的门缝。

门很快就静止不动了。它并没有完全打开，门缝还不到五十厘米宽，一个看起来和史蒂卡她们一般高、年龄一般大的……女孩子从中走了出来。

她留着一头及肩的整齐短发，别着鸟羽状的发夹，穿着恬静的蓝色连衣裙和纯白色围裙，两手似乎提着一个竹篮，没有带剑。

少女微微低着头向前走了几步，她身后一个褐色的小东西就哧溜哧溜地追了上去。它长着兔耳般的长耳朵，体型却像是一只老鼠，全身有三十厘米左右长。

一人一兽走过门前的小路，渡过小桥，然后离开岔路，径直走上山丘。几秒后，兔鼠最先发现了丘顶上的我们，发出了高亢的叫声：

“啾噜！”

这一叫让少女抬起头来，她先是疑惑地歪了歪脑袋，继而睁大双眼。

她突然开始直接冲上斜坡，地上的草好几次绊住她，害她险些摔倒，让我忍不住想对她喊一声“不用跑得那么急的”，但又好像有些不合时宜。幸好她最后没有跌倒，平安到达了丘顶，又平复了一下呼吸才看向金桂树下的我、亚丝娜和爱丽丝。

到了这时，我才终于发现自己对这位少女有印象。

这个女孩是在阿多米尼斯多雷特统治时期独自操作我们刚才

使用的升降洞的“升降员”，但这种事情有可能发生吗？我和尤吉欧遇见她时，她就说过自己已经重复这项工作一百零七年了，如今又过去了两百年，加起来就是三百年以上……这漫长的时间比估算约为一百五十年的“灵魂寿命”长了足足一倍有余。

“那个……你……”

——你真的是那位升降员小姐本人吗？

我正想这样问她，她就睁大了深蓝色的眼睛，以与我记忆中一模一样的平淡语气说：

“桐人大人……亚丝娜大人……爱丽丝大人……”

她的眼角积起了小小的水珠，水珠颤抖着悄然滑落，打湿了白色的围裙。

但她没有表现出更多的情感，只是将竹篮放到脚边，在身前交叠双手，深深地低下了头。

“欢迎回来。”

那声音虽然平静，却蕴含着深厚的情感，还与兔鼠“啾噜”的叫声重叠在了一起。

2

那只褐色小动物的正式物种名叫“长耳濡鼠”，名字叫“纳兹”。

现在它正在罗兰涅腿上大口大口地啃着形似胡桃的果实。升降员小姐铺开了事先准备好的野餐垫，大家便在那上面围坐在一起，而它在所有人面前转了一圈，最终跑到了罗兰涅身上。这是偶然吗……我一边喝着咖啡洱茶，一边想道。

不可思议的是，升降员小姐的竹篮里不仅装着让十个人坐到上面都还绰绰有余的大型野餐垫，还装着八个杯子——她好像早就知道我们今天会来这里了，既然如此，她见到我们的时候又为什么会喜极而泣呢？

我有很多话想问，但升降员小姐给我们倒完茶就起身向赛鲁卡、罗妮耶和蒂洁走去，用一把毛色稀奇的大毛刷仔细地清理起了石化的三人身上的灰尘。

认真想想，三人在这棵树下风吹日晒了两百年，身上应该不只有这么点尘土才对。看来是因为有升降员小姐定期来清理，赛鲁卡她们才没有被藤蔓和苔藓覆盖……而这一干就是两百年。

“我……”亚丝娜用双手拿着咖啡洱茶的杯子，看着在稍远处工作的升降员小姐说，“我只记得我和她打过几次招呼，但不知道为什么，我总有一种很熟悉的感觉。”

接着她转眼看向斜靠在罗兰涅腿上的纳兹，伸手挠了挠它的脖子。

“这孩子也是……”

说实话，我也有和亚丝娜一样的感觉。不仅如此，我还记得升降员小姐好像有别的名字。

“爱丽丝也认识她的吧？”

我问道。骑士点了点头，说：

“嗯，住在大圣堂时，我每隔几天就会坐一次她的升降盘，有时还会送她些点心表示感谢。不过……我觉得她的气质和我记忆中的有些不一样。”

“嗯……艾欧莱恩呢？”

听到我的呼唤，端端正正地坐在我对面的机士团团长猛地抬起了低着的头。

遮住他上半张脸的白色皮革面罩下的绿眼睛忽闪了几下。

“抱歉……我没留心听。”

“不，都怪我问得太突然了。艾欧莱恩认识那个女孩吗？”

“不，我完全不认识。”

他摇摇头，摘下机士团的制帽，放到腿上。阳光透过排列在墙壁上方的窗户洒在他亚麻色的鬈发上，使之闪闪发亮。

“我就连中央大圣堂被封印的楼层里面住着人都不知道，再说了……她是怎么获得水和食物的呢？”

“听你这么说……”

就算事前有大量储备，水和食材也会在两百年间耗尽天命，但是现在还有无数的疑问压在我头上，这个问题在这里面并不是十分重要。

我喝着咖啡洱茶安抚焦躁的心，十分钟过后，干完活的升降员小姐终于回来了。她端坐在野餐垫的边缘说：

“诸位需要再来一杯咖啡洱茶吗？”

我刚想开口说不用了，史蒂卡就举起了左手。

“啊，那就拜托了！这个咖啡洱茶真的很好喝！”

“喂，史蒂，你脸皮也太厚了吧！”

罗兰涅立即批评道。而史蒂卡促狭地朝她笑了笑：

“看你说的，你喝过一口之后不也露出了一副像是在说‘好喝死了’的表情吗？”

“我……我才不会这么说话呢！”

看着两人吵吵闹闹的样子，升降员小姐的嘴角仿佛闪过了一抹微笑。

但那抹笑转瞬即逝，她继续平静地说：

“这壶咖啡洱茶使用的是经星王妃大人不断改良而诞生的新品种茶叶，名叫‘夕月夜’。据我所知，全Under World只有这里会栽种这种茶叶。”

“这里指的是云上庭园吗？”

史蒂卡环顾着周围问道。只见升降员小姐微微摇了摇头。

“不，是第九十五层。”

“‘晓星瞭望台’……”

爱丽丝呢喃了一句。我也记得这一层——中央大圣堂总共有一百层，唯有这一层打通了外墙。如果没有它，从云上庭园掉到外面的爱丽丝和我就没法回到塔内了。

不过刚才这句话里最让我在意的并不是第九十五层，而是“经星王妃大人不断改良而诞生”。我瞥了亚丝娜一眼，她本人似乎没什么疑虑，又喝了一口咖啡洱茶便朝升降员小姐微笑道：

“真的很好喝。‘夕月夜’这个名字也很好听。”

“星王妃大人说过，这个名字出自Real World很久很久以前的一首短歌。”

我刚疑惑她为何能如此自然地说出“短歌”二字，亚丝娜就点头说：

“我就猜是不是这样……桐人。”

“怎……怎么了？”

“这下只能承认了吧。”

“承……承认什么？”

“承认我是星王妃，桐人是星王啊。”

“……”

不知不觉间，不仅是艾欧莱恩、史蒂卡和罗兰涅，就连爱丽丝和升降员小姐也在盯着我看。只有在罗兰涅腿上睡着了的纳兹对此毫无兴趣。

“顺便问问，你是怎么通过刚才的对话联想到这个的？”

我不死心地问道。亚丝娜微微坐直身子，吟诵了起来：

“夕月夜怀人，朝来顾影单。吾身独憔悴，念伊心不安。”**（注：此处依杨烈先生的译文稍做了改动，保留了首句的“夕月夜”。原译文为“月夜相逢夜，朝来顾影单。吾身成只影，念汝我难安。”）**

“哦哦！”

众人一齐拍手喝彩，亚丝娜有些不好意思地继续道：

“这是《万叶集》第十一卷里的一首短歌，作者不详，也不是很出名，但我很喜欢它，所以很久以前就无意间记住了。”

“除亚丝娜以外，不大可能有人拿这首短歌的首句当咖啡洱茶茶叶的品种名……是这个意思吗？”

亚丝娜重重地点了点头。我依次看了看静静倾听的众人，说：

“好，那我也承认吧。直到三十年前都还统治着Under World的星王似乎就是我了。”

史蒂卡和罗兰涅随即喜笑颜开，艾欧莱恩也耸了耸肩，像是在说“哎呀哎呀，你总算承认了”，可是……

“事先说好，承认也不代表我和亚丝娜的记忆恢复了，还有，呃……”我看向升降员小姐问道，“抱歉，除了‘升降员’之外，你还有自己的名字吧？”

少女仿佛早就猜到了会有这一问，端正坐姿说：

“有的，我的名字叫作艾莉。”

我感觉到艾欧莱恩的肩膀随之颤了一下，但他好像并不打算说些什么，我便再次向少女看去，念起她刚刚告诉我的名字：

“艾莉……”

明明没有一点印象，我却觉得世上不会再有比这更适合她的名字了，就又暗自重复了一遍才问：

“你为什么会在这里？为什么没有像赛鲁卡她们一样被冻结？”

“因为这是我的愿望。”

艾莉立即回答了我，然后啜了一口咖啡洱茶，平静地讲述了起来。

——人界统一会议直属神圣术师团的第二代团长赛鲁卡·滋贝鲁库大人、整合骑士蒂洁·修特利尼·萨提图大人、罗妮耶·亚拉贝尔·萨提斯利大人在这里沉睡，是人界历441年……统一会议成立六十年后的事情。

——就在这一年，统一会议决定解散历史悠久的整合骑士团，成立名称仅有一字之差的整合机士团。各位骑士须在转入机士团、辞任回归自由生活、自愿被施以Deep Freeze术式之中做出选择。

——然而第一个要求石化的人不是骑士，而是术师团长赛鲁卡大人。失传多年的Deep Freeze术式本来就是初代术师团长亚由哈·弗利亚大人及其后继者赛鲁卡大人花费数十年时间解析和恢复的，星王大人和星王妃大人也只能予以许可。之后罗妮耶大人与蒂洁大人以孩子已经长大成人，赛鲁卡大人独自沉睡会感到寂寞为由，做出了和她一同被冻结的抉择。

——众多骑士之中，有人选择转入机士团，也有人选择开始新的生活，但大多数人都选择了冻结。又过了一段时间，到了人界历475年，随侍两位陛下最久的法那提欧大人也沉睡了……三年后，星王大人和星王妃大人将所有权限移交给了人界统一会议，宣告退位。

——接下来的事，几位机士大人应该也很清楚了。人界历480年，人界统一会议更名为星界统一会议，人界历也变成了星界历。同年，中央大圣堂第八十层以上的区域被彻底封锁起来，只有两位陛下、我、纳兹能够进入。

——随后星王大人和星王妃大人继续度过了一段安稳的时光，但最终也陷入了沉睡……星界历550年，我亲眼看着二位在光芒中消失，奉命将他们离开Under World的消息告知星界统一会议，并传达了星王大人的留言。此后的三十年间，我一直守护着这个地方，等待主人归来。

“爱丽丝大人、亚丝娜大人、桐人大人，再次……欢迎你们回来。”

艾莉以这句话为漫长的说明作结，保持着端正的坐姿将双手叠放在腿上，向我们深深低头致意。

亚丝娜突然起身，绕开放在野餐垫中间的咖啡洱茶茶壶和用来加热茶水的火炉走到艾莉面前，双膝跪下，情不自禁地伸出双手抱住了少女瘦削的身体。

“对不起……对不起，艾莉小姐。让你一个人待了三十年……你一定很寂寞吧……”

我努力抑制住像她那样抱紧艾莉的冲动，正想在心里咒骂将这么残酷的任务交给艾莉的星王，也就是过去的我时——

“不是的，亚丝娜大人。我刚刚也说了……这都是我强烈要求的。”艾莉将双手放到亚丝娜背上，平静地答道，“两位陛下也曾让我在大圣堂找个喜欢的地方沉睡，但是这样就无法处理突发事件了。更重要的是，桐人大人、亚丝娜大人还有爱丽丝大人回来时得有人迎接才行。”

“说迎接太夸张了……”

见亚丝娜还想说些什么，艾莉便轻轻地把她的双肩按了回去。

“亚丝娜大人，我真的非常庆幸能够侍奉您和桐人大人，是你们二位实现了我的梦想……留守这点小事是我应分做的，况且我也不寂寞——罗妮耶大人交给我的纳兹一直都陪着我呢。”

一听到艾莉叫自己的名字，在罗兰涅腿上打瞌睡的纳兹就抬起头来，“啾噜”地叫了一声。

这一叫像是在肯定艾莉的话，让史蒂卡她们一齐笑了起来。亚丝娜也终于恢复平静，微微点头，松开了抱住艾莉的手。不过她并没有回到我身边，而是直接坐到了艾莉左边。

现场气氛才刚缓和了一些，一直保持沉默的艾欧莱恩就有些紧张地问道：

“恕我失礼，请问您是……整合机士团第一机龙工厂的第一任厂长——艾莉·托尔姆大人吗？”

过了一小段时间，我才听出他说的是“工厂”。

既然叫机龙工厂，那大概就是生产罗兰涅她们驾驶的战斗机的工厂了吧。艾莉是第一任厂长？托尔姆是她的姓氏吗？

而且仔细一想，艾莉两百年前还和尤吉欧说过话，虽然艾欧莱恩戴着面罩，但他的外表和声音都与尤吉欧无比相似，爱丽丝对此表现得相当惊讶，艾莉却没有做出任何反应，说来也挺不可思议的。

大家紧张地等了一会儿，艾莉才略显羞涩地点了点头。

“我确实担任过这个职务一段时间……但我也只是把师傅教给我的东西又教给了工厂里的大家罢了。请叫我艾莉。”

“那怎么可以呢……我的祖父经常说，要不是有托尔姆大人，军队就要晚上三十年才能配备量产型机龙了。”

听了艾欧莱恩的话，艾莉就如追忆遥远过往般地微微眨了眨眼，只说了一句：

“那是许久以前的事了。”

我很好奇艾莉在和艾欧莱恩对话时有何感想，也很想知道艾欧莱恩的祖父、现任星界统一会议议长欧瓦斯·赫伦兹的父亲是个什么样的人，但这样没完没了地问下去就要入夜了。现在Under World没有进行加速，时间流速与现实世界一致。

今天是10月3日周六，学校放假，但RATH的神代凛子博士严令我们必须在下午5点前下线，而现在上午11点30分的钟声刚响不久，我们还能在这边待上五个半小时，我能否在此期间完成艾欧莱恩托我助力的任务——前往阿多米纳星，找到意图谋杀史蒂卡和罗兰涅的人呢？

总而言之，赛鲁卡、罗妮耶、蒂洁被冻结在这里，还有艾莉照顾她们三人的理由算是弄明白了，也该继续推进话题了吧。于是我开口道：

“那个……艾莉，再次感谢你为我们完成了这么辛苦的工作。虽然没有星王的记忆让我很焦急，也有愧于你，但我真的很高兴能再见到你。”

“我也是，桐人大人。”

艾莉微微一笑道。我坐着朝她靠近几厘米，说起了我回来的目的：

“然后，你大概也知道了……我们是为了唤醒爱丽丝的妹妹赛鲁卡……还有蒂洁和罗妮耶才回Under World的，你知道方法吗？”

“是。”

见艾莉点头，爱丽丝放下心来，舒了一口气，但又立即神情严肃地问道：

“艾莉阁下，那是什么方法？是术式吗？”

“是的。但是……很遗憾地告诉您，亚由哈大人和赛鲁卡大人复原的Deep Freeze术式的所有内容都被严密地封印起来，保存在另一个地方了。”

“另一个地方？指的是大圣堂外面……圣托利亚的某处吗？”

“不是的。‘封印之箱’既不在人界、暗黑界，也不在外围的外大陆，而是被藏在了阿多米纳星上。”

3

帮艾莉收拾完野餐垫和茶具后，我们便暂时和赛鲁卡她们告别，动身前往上面的楼层。

插在解锁装置上的四把剑当然都收回来了，但我一拔出剑，大门就立刻动了起来，我刚匆忙跑回庭园就在我背后重新关上了。之后我试着推了一下也没能推动一丝一毫，这下只能指望回去的时候艾莉会告诉我们怎么从内部开门了。

南边的大门没有上锁，一进门就能看到一条铺着红地毯的大楼梯，令我很是怀念。尤吉欧曾独自跑上这段楼梯，而如今我们正在艾莉的指引下一路走上去，在快要到达第九十层的时候，爱丽丝突然停下了脚步。

“艾莉阁下……这一层的浴场还在吗？”

听到她的问题，我才想起中央大圣堂第九十层一整层都是大浴场，但楼梯平台前的大门紧紧关着，我完全看不见里面的模样。

“还在的，爱丽丝大人。”艾莉毫不迟疑地答道，并继续说明，“由于最高祭司大人为大浴场施加的术式仍然有效，浴池水在这数百年间一直保持着清洁。不过星王大人对内部进行了改建，现在已经分成男女浴池了。另外，为了能通过升降洞直接进入浴场，北边也设置了出入口，但目前依然封锁着。”

“什么，浴场?!”

“这么高的地方竟然有浴场?!”

史蒂卡和罗兰涅喊道。亚丝娜略为自豪地回应了她们：

“里面很壮观的哦，浴池宽得像是游泳池一样，周围的墙都是落地窗，不仅能看到圣托利亚的街景，天气好的时候还能看到尽头山脉呢。”

“咦，亚丝娜你还记得这个浴场吗？”

我不禁这么问，曾经的星王妃大人略显无奈地点了点头。

“当然喽。异界战争结束，和罗妮耶小姐她们一起回到大圣堂之后，我每天都会来泡两次澡呢。只不过当时你老是说‘等等再说’，很少来泡就是啦。”

“啊……”

这么一说，确实是有过这回事。但那时我忙着和法那提欧还有迪索尔巴德一起为与暗黑界谈和做准备，实在是没有时间悠闲地泡澡。

之前我一直以为，不光是罗妮耶和蒂洁，所有曾在异界战争中和我一同并肩作战（说是这么说，但我直到最终决战前都处于心神丧失状态）的整合骑士也都过世了，但既然艾莉说“大多数人都选择了冻结”，那只要能获得Deep Freeze的解除术式，我说不定还可以和法那提欧他们再会。

然而贤者卡迪纳尔提到过的“灵魂寿命”依然是个问题，若这是骑士们沉睡的原因之一，我就不能随意把他们唤醒。艾莉的寿命似乎早已超越其上限，她还能活动的理由仍是个谜，但这种事我也不是很敢直接问出口。

我呆呆地看着大浴场的门，陷入了沉思。

“桐人，我明白你很想去大浴场泡澡的心情，但现在不是时候。”

爱丽丝在我右边说。

“对啊，桐人。我们得快点去阿多米纳回收封印之箱，回来之后再泡澡也来得及吧。”

亚丝娜在我左边说。

“嗯……嗯，我们继续往前走吧。”

在回答的同时，我忍不住在心里嘀咕了一句：“想泡澡的明明是你们吧……”

再登上五级台阶，便有白光映入眼帘。

罗兰涅怀里的纳兹立马“啾”了一声，挣脱她的怀抱，敏捷地冲上了每级台阶都有自己一半那么高的楼梯。我们也小跑着追了上去。

眼前出现的不是和之前一样的楼梯平台，而是三边都有扶手的开口处。我跟着纳兹和两位机士冲到这里，耀眼的光芒让我瞬间眯起眼睛，然后睁大。

这是中央大圣堂第九十五层——晓星瞭望台。

两百年前，我和爱丽丝合力在外墙上攀爬，气喘吁吁地来到了这里。不过原本一望无际的外围密密麻麻地种上了各种各样的树木，用作隐蔽。

而树林隐藏的，就是停在楼层中央的纯白飞机——机龙。

“哇……哇啊啊啊……”

史蒂卡感叹不已，后来追上的艾欧莱恩等人同样看得目瞪口呆。

最先让这些每天都接触机龙的机士惊讶的，应该是这架机龙的大小吧。它长达二十五米，差不多有楼层的一半那么长，我记得史蒂卡她们的机龙长十五米左右，而它比它们大了几乎两圈。

它的机身也与钢铁表层外露的机士团机龙不同，是用一种有些透明感的纯白素材打造的，同色的座舱罩十分狭长，但两翼与硕大的体型相比相当短小。全身共有三个热素喷射口，分别装在两翼根部及机尾处。

可能是因为机身设计极富流线美，这架机龙虽然巨大，看上去却一点也不笨重。这恐怕是彻底舍弃了战斗力，专为长距离高速飞行而设的机体。

我后退几步，站到艾欧莱恩身边，小声问他：

“这……就是你说的星王的机龙？”

“我也是第一次见到，但我可以肯定地说是。你看看那里。”

机士团团长指向机龙座舱罩的右下方，定睛一看，可以看见上面刻着一串银色的英文字母……不对，是神圣文字“X'rphan XIII”。这串英文看似有些奇怪，但我还是很快就知道要怎么念了——拼写和艾恩葛朗特第五十五层的野外头目，也就是那头白龙的固有名称一模一样。

“那就是X'rphan十三型吗……”

听见我的呢喃，站在前方不远处的艾莉转过身来颔首道：

“是，这就是星王大人制造的最后一架机龙。它正好是一百年前出厂的机体，但现在状态依然完好。”

“这架机龙……也是艾莉你保养的吗？”

“是的，但也只是偶尔用水素清洗一下表面，补充一下密封罐里的永久热素和永久风素而已。”

“可是……你真的为我们做了很多……真不知道该怎么感谢你才好……”

明知仅凭言语根本无法回报艾莉的奉献，我还是绞尽了脑汁去思考该说些什么。就在这时——

“请看那个。”

少女边说边指向放置在楼层一个远离机龙的角落处的奇异物件，那是个直径约为一点五米的金属圆盘，本体厚度不足十厘米，下面却装着两个筒状的燃料箱，边缘处则有好几个朝向斜下方的小型喷射器。上面装着一圈扶手，看似能载人，但这到底是用来做什么的道具呢……

不经意间，我好像清楚地听见了亡友的声音——

——如果没有了教会，你从这个天职中解放出来的话，你会做什么？

接着是艾莉——升降员小姐的回答。

——如果说想做的事情……

——我想在那片天空……用这个升降盘自由地飞翔……

“那就是……能在空中自由飞翔的升降盘吗？”

听到我的话，艾莉用力地点了点头。

“是的，我称它为飞翔盘。因为没有翅膀，它在能够稳定飞行之前经历了无数次的实验和改造，但是桐人大人您一直没有放弃，还说这是您和尤吉欧大人对我许下的约定……”

“这样啊……”

我也觉得自己答得有些冷淡，可我实在没有办法再说些什么了。要是继续说下去，我一定会哭出来的。

现在我依然难以相信自己就是星王，但我还是在心里对他说了一句“你还是挺行的嘛”。

之后我才注意到艾莉刚才提到了我一直没敢在艾欧莱恩·赫伦兹面前提起的亡友之名。

于是我紧张地看向右边，艾欧莱恩也很快向我看来，眨了眨藏在面罩镜片后的眼睛。

“有事吗，桐人？”

他发问的声音似乎比平时多了几分迷茫，但又好像毫无变化。表情也是，既像平时一样沉稳，又仿佛有些魂不守舍。

若一直盯着他看，我说不定还能观察到他有没有对尤吉欧的名字起反应，但现在已经晚了，而我也没有勇气无缘无故地让他再听一遍。

“不，没什么。”我轻轻摇头，再度看向艾莉，“你刚才在第八十层说你的梦想实现了，指的就是那个飞翔盘吗？”

“是的，但也不止于此。”艾莉将右手放在围裙的胸口处继续道，“以往我将操纵升降盘看作自己唯一的生存意义，但桐人大人和亚丝娜大人……以及各位整合骑士、人界统一会议的各位评议员和萨多雷师傅给予了我无数的喜悦和快乐，还有悲伤和落寞。即使我大部分的记忆和感情都被压缩了，回忆起来要花上不少时间……这些记忆也一直温暖着我的内心，所以留守工作真的一点也不辛苦。”

她说完就露出了微笑，我缓缓点头，说：

“这样啊……嗯，你说得没错……”

不知不觉间，我举起了右手，用力按在心脏上。

——回忆就在这里。

——永远都在这里。

我又一次将这句话铭刻在心中，再度环顾第九十五层。

用于遮蔽的树木不留一丝缝隙地将整个楼层围了起来，几乎完全挡住了外部的视线——圣托利亚也没有第二栋这么高的建筑就是了——但好像没有给机龙留下起飞的出口。

“那个……艾莉，启动机龙的时候该不会要先把树砍倒吧？”

曾经的升降员以变得有些无奈的神情回答了我的问题：

“不用，种树的花盆是可以移动的。”

“啊，这样啊，原来如此。”

这样一来就只剩两个问题了。

“这架机龙可以飞到阿多米纳星吧？”

“当然可以。”

“能坐几个人？”

“两个。”

“原来如此……”

我再次这么答道，依序看向身边的大家。

整合机士团团长艾欧莱恩·赫伦兹的请求是和他一同前往阿多米纳星调查当地发生的事件，机龙上的两个位子必然有一个是他的，那另一个就是我的了吧。虽说不知要花多长时间才能调查完，但也只能让亚丝娜和爱丽丝在这里等候了。

想到这里，我正想开口时——

“艾欧莱恩阁下，我们也要驾驶机龙随从！”

罗兰涅如此宣称，史蒂卡也不甘人后地喊道：

“阿多米纳星非正式调查这种危险重重的任务，必须有护卫随从才行！”

“欸……欸欸？”

我顿时有些不知所措，机士团团长则举起双手说：

“不，我们本来就是因为不能开走机士团的机龙才千辛万苦地赶来这里的……”

“理由什么的，可以说是战斗训练，也可以说是试验新装备，要多少有多少！”

然而罗兰涅没有就此罢休——她和祖先罗妮耶长得十分相像，性格却比罗妮耶热血了一点……不，是热血了许多。

刚才艾莉说罗妮耶和蒂洁很早就诞下了子嗣，是在好好将其抚养成人之后——在临近八十岁的时候才进行石化冻结的，可是在云上庭园沉睡的两人看上去最多也就二十五六岁，这就意味着她们在那个年纪就被施加了天命冻结术式，和Deep Freeze一样，这也是本应只有最高祭司阿多米尼斯多雷特才会用的秘术。

我想着这些事，心不在焉地听着史蒂卡她们两个和艾欧莱恩的对话。

“史蒂卡大人、罗兰涅大人。”

艾莉插话道。是错觉吗？她的神情好像有些调皮。

“很遗憾，机士团现在配备的吉尼斯七型在气圈外的速度只有X'rphan十三型的一半，二位跟随就会让桐人大人和艾欧莱恩大人的移动时间大幅延长。”

“一半?!”

史蒂卡和罗兰涅异口同声地叫道。

我也很惊讶，还以为试验机和定制机的性能比制式机强是动画或游戏世界才有的事，但看来孩子气的星王还推翻了这个常识。面对性能上的决定性差异，机士们也只好接受，不再纠缠下去。我松了口气，走向亚丝娜和爱丽丝，小声说道：

“事情就是这样，阿多米纳就交给我和艾欧莱恩……”

两人一听到这话就狠狠地瞪了我一眼，吓得我后退了半步。

“桐人，要记住‘IKANOOSUSHI’哦。”

“那……那是什么来着……”

“不要跟陌生人走，不要坐可疑的车，一旦遇到危险就大声呼救，立刻逃跑，通知其他人。”（**注：上文的IKANOOSUSHI是亚丝娜此处各项提醒的缩略语。**）

——我是小孩子吗?!

我强忍着吐槽的欲望答道：

“知……知道了。我会注意的。你们也是，虽然我觉得这里很安全，但要是有个万一……”

“不用担心。”爱丽丝斩钉截铁地说完就往前走了一步，抓住我的右手说，“万事拜托你了，桐人。我无论如何都要得到藏有Deep

Freeze术式的‘封印之箱’。”

“知道了，我一定会把它带回来的。”

我轻轻拍了拍爱丽丝的手，又朝亚丝娜点头示意。

与此同时，艾欧莱恩似乎也和两位机士说完话了。我抬头看向盘踞在楼层中央的巨大机龙，暗自说。

——拜托你了，X'rphan。助我一臂之力让爱丽丝和赛鲁卡重逢，让罗妮耶和蒂洁复活吧。

由于机体状态良好，我们只花十分钟就做好出发准备了。

换上机士服的艾欧莱恩坐在前座，我则坐在后座。关闭座舱罩，系好安全带后，我们向艾莉比了一个OK手势，她便按下了隐藏在楼梯附近的按钮。

机龙正前方的树木随之连大理石花盆一起移向左右两边，十秒过后，我们前方出现了足够宽敞的开口，另一头便是蔚蓝的天空。

“那我们走吧，桐人。”

“我随时可以出发。”

轰隆隆！我刚回答完艾欧莱恩，机体后部就响起了高亢的振动声。之前我还在思考机龙没有跑道要怎么起飞这种基础性的问题，但X'rphan十三型好像可以垂直起飞，巨大的机体升起五十厘米后就缓缓向前滑翔了。

“隐形装置启动。”

艾欧莱恩边说边打开仪表盘上的拨动开关，机舱内随即响起哔哔声——不知是什么原理，我透过座舱罩发现白色的机身转眼间变透明了，这下圣托利亚的居民就不会发现空中的X'rphan了吧。

最后我又一次回头看向并排站在楼梯前的艾莉、纳兹、史蒂卡、罗兰涅、爱丽丝和亚丝娜。机士二人在向我们敬礼，爱丽丝敬了一个令人怀念的骑士礼，艾莉和亚丝娜则挥着右手。

我伸出左手向大家竖了个大拇指，小声对前座的艾欧莱恩说：

“喂，艾欧莱恩，那个例行的指令可以由我来说吗？”

“啊？什么例行指令？”

“就是这个。”

然后我清了清嗓子，装模作样地喊道：

“X'rphan十三型，出发！”

话音刚落，振动声就稍微变大了一点。巨大机龙启动时并没有像我想象的，或者说是期待的那样发出轰鸣，而是像高档轿车一样安静而顺滑地飞进了青空。

飞离塔五十米后，机龙便开始以水平姿态爬升，下方的圣托利亚街景变得越来越小，城镇周围的农田和牧草地进入了我们的视野。

“难得你刚才喊得那么大声，但很抱歉，在高度升到三千梅尔之前都会是这样。等主发动机全力运转就会变得很吵了。”

“这……这样啊，大概要几分钟才能上升到三千梅尔？”

“十分钟左右吧。”

“哦……那到阿多米纳呢？”

听到我这么问，戴着蓝色头盔的机士团团长就往右边歪了歪脑袋。

“嗯……艾莉大人说这架X'rphan十三型的速度比吉尼斯七型快了一倍，如果这是真的，全速飞行大概要一个半小时吧……”

“一个半小时……”

我重复道，在头盔里皱起了眉头。

艾欧莱恩在基地附近的宅邸说过，在卡尔迪纳和阿多米纳之间来往的大型客机的单程飞行时间约为六小时，制式战斗机吉尼斯七型则是三小时，特殊定制机X'rphan十三型只需要制式机一半的时间倒也不足为奇。

可是六小时也太快了——现实中各国竞相发射的火星探测器就算搭载在巨型火箭上飞行也要花八个月时间才能到达火星，我当然知道Under World的宇宙和现实世界的宇宙不是一个规模，但要是六小时就能抵达，那不就比现实世界的地月距离还要近了吗？一颗同样大小的行星离得这么近，那它在人们眼中应该能完全遮住人界的夜空才对。

“那个……艾欧莱恩先生。”

“什么事？”

“我后知后觉地问一下，卡尔迪纳和阿多米纳相距多少公……多少千梅？”

“大约五十万千梅吧。”

“五十万……”

虽说比现实世界的地月距离要远，但也比最短地火距离近了一百多倍。

“那……那在卡尔迪纳上应该能清楚看见阿多米纳吧？”

“啊？当然能看到啊。”艾欧莱恩的语气前所未有的无奈，他抬头透过座舱罩巡视周围，然后用右手指向正前方说，“话说这个时间……看，就在那里。”

我伸长脖子看向他所指的地方，发现地平线附近有一颗若隐若现的白色星球，便眨了眨眼睛，重新坐了回去。

“不，那是月亮……露娜莉亚吧。”

“那是它曾经的名字。”

“欸……”

闻言，我僵住好一会儿才抓住前座的靠背向前探身，但很快就被安全带拉了回去。不过我还是全力探头喊道：

“等下，露娜莉亚就是阿多米纳?!就是说那不是颗去了才知道小的卫星，而是颗巨大的行星?!”

“嗯，说小也算是小吧，阿多米纳的直径只有卡尔迪纳的一半，所以卡尔迪纳是‘主星’，阿多米纳是‘伴星’。”

“真……真的假的……”

“顺带一提，历史上第一个驾驶机龙抵达阿多米纳的就是星王陛下。”

“真的假的……”

我再度感叹，又一次抬头看向空中的月亮……不对，是行星。相较于从地球上看到的月亮，它的视直径确实大了一倍，但真没想到它不是卫星……想到这里，我又有了新的疑问。

“可在大圣堂第一层的星界统一会议纹章上……中心的大圆是索鲁斯，右上的点是卡尔迪纳，左下的点是阿多米纳吧？假如两颗行星隔着索鲁斯在同一条轨道上公转，那怎么能在卡尔迪纳上看到阿多米纳？”

我比划着问道。而艾欧莱恩的答案非常直截了当：

“那个比较着重于象征意义啦。其实阿多米纳和卡尔迪纳在公转轨道上离得很近，卡尔迪纳在前，阿多米纳在后，因此阿多米纳会在卡尔迪纳的中午时分出现在其东边的天空上，在日落时升到最高处，深夜则会落入西边。”

“我看看……”我将自己的左拳和右拳比作阿多米纳和卡尔迪纳，模拟起了两颗行星和太阳的关系，“啊……我懂了。就是因为这样，人界才能在一夜之间看遍月亮的阴晴圆缺啊……”

“Real World不是这样的吗？”

“嗯，那边的月球是绕着地球……也就是这里的卡尔迪纳转的，所以大概要花一个月时间才能看遍阴晴圆缺。”

“噢……有机会的话真想看看啊。”

艾欧莱恩不经意地说，我却一时不知该如何回答。

收纳Under World世间万物的主视觉化机、保存所有居民灵魂的光立方集群都封存在现实世界里的Ocean Turtle内，而它现在被封锁在八丈岛海域了，目前还能通过核反应堆供电，一旦政府决定停止运行，这个世界的时间便会停止流动，万一还要初始化或废弃，包括居民在内的一切都会彻底消失。

我无论如何都要阻止这种事情发生——说是这么说，我也不过是一介高中生，根本无力解决这些问题，只能祈祷菊冈诚二郎二佐和神代凛子博士发起的Under World保留活动能够成功……

不对。我之所以受菊冈所托潜行到Under World，就是为了探查一周前通过The Seed连结体入侵这里的人的真实身份和目的。要是那家伙想扰乱或者破坏这个世界，我必须加以阻止。

我下定决心，说：

“我一定会让你看到的。”

“我很期待。”

虽然我回答得晚了一些，但艾欧莱恩似乎并不在意，还改用正经的语气说：

“高度到达三千梅尔。请后座确认固定器具。”

于是我连忙确认了一下安全带的状态，答道：

“确……确认系好。”

“主发动机开始喷火，倒数五秒。四、三……”

我一边听艾欧莱恩倒数，一边看向座舱罩外面，发现我们已经在不知不觉间飞得比碎积云要高了，还隐约能看到尽头山脉和远方的暗黑界。

“二、一，喷射。”

之前一直相当轻微的引擎声忽然变成尖厉的轰鸣声，听着活像是踩满了油门的超级运动摩托车。我被压在座位上，机体也在微微发颤，感觉这不是空气阻力，而是引擎里的永久热素的咆哮直接传导到了我身上。早前乘坐史蒂卡她们的机龙时的速度也很让我吃惊，但与这架X'rphan蕴藏的力量感还是有着天壤之别。

“喂……喂，这样不要紧吗?!”

我情不自禁地大喊道，而艾欧莱恩以藏不住兴奋的声音回应了我：

“这……这可能有点要紧啊！”

“那就稍微控制一下……”

“但是这离开足马力还差得远呢！”

他一说完，引擎的输出功率就又上升了一个档次，前方的云瞬间被远远抛到了后方。

在*ALfheim Online*里都是凭肉身飞行，因此我还以为自己坐在裹着坚固装甲的机龙里面就肯定不会害怕，但这加速实在是太脱离常轨了。我强忍住用心意力刹车的冲动，死死地盯着前方。

这时我才发现天色一下子暗了下来——机龙好像在我们不经意间从水平飞行转入爬升阶段了。位于人界外侧的暗黑界被高于尽头山脉的“世界终末壁垒”包围着，据说包括飞龙在内的所有生物都无法越过这面墙壁，但机龙无视了这种系统上的限制，径直向上攀升。

不久，前方的几颗星星开始闪烁，随着天色从蔚蓝变为深蓝，星星的数量亦在不断增加。X'rphan的速度依然快得超乎常理，机体的振动却在慢慢减弱。

“已脱离气圈。”

艾欧莱恩说出这句话时，引擎声也变小了。我试着抬起右手，基本感受不到行星的重力。也就是说，这里已经是……

“是宇宙？”

我呢喃道，眼前的头盔随即上下晃了晃。

“没错。哎呀，真不愧是传说中的机体……刚才那次加速也是，主发动机才出了一半多点的力就有那样的速度了呢。”

“还是不要加到全速了吧。”

说完我便看向头顶，发现太阳正在黑暗空间的远方熠熠生辉。

我已无数次提醒过自己，Under World的宇宙并不是真空，况且虚拟世界里本来就不存在氧分子和氮分子，微风拂过和肺部换气都不过是系统给予的感觉——就算我现在打开座舱罩也只会感觉到刺骨的寒意，不会窒息而死。

或许是因为在Unital Ring世界被魔女穆达希娜的窒息魔法害惨了，就算大脑明白这个道理，我还是产生了一种原始性的恐惧。

而我硬是压下险些在喉咙中复苏的闭塞感，向艾欧莱恩问道：

“现在我们已经在朝阿多米纳出发了吧？”

“嗯，不过这不是最短航线。”

“为什么？”

“如果使用标准航线，我们就可能会被定期船或其他宇宙军机体发现。这次阿多米纳之行是没有告知政府乃至星界统一会议的机密任务。”

“啊，对哦……”

艾欧莱恩的目的是查清整合机士团受人针对的原因，而我的目的是查明从现实世界入侵Under World的人的真实身份、回收封存着Deep Freeze术式的“封印之箱”。每一项工作都不简单，等到了阿多米纳，我必须抛开杂念，专心完成任务。

我如此告诫自己，艾欧莱恩似乎察觉到了我的紧张，说：

“发生了这么多事，你一定累了吧。还有一个多小时才到阿多米纳，你可以放倒座椅先睡一会儿。”

他的体贴和温柔的声音都与亡友无比相似，让我不禁握紧了双手。我深呼吸了几次才放松下来，用手摸索座位的调节拉杆，并在拉动拉杆的同时答道：

“谢谢……不好意思，那我就先睡一会儿了。”

“嗯，有事的话我会叫醒你的。晚安，桐人。”

——晚安。

我在心底暗自说道，闭上了眼睛。

14

仰望窗外的天空，可以看见远处有一道银光正无声离去。

如果不是事先知道，肯定很难察觉到这道小小的光芒吧。亚丝娜目送它离开，直到它没入积云以后才轻轻叹了口气。

旁边同样仰望着天空的爱丽丝小声说：

“走了啊……”

“走了呢。”

亚丝娜应道。爱丽丝祈祷般地闭上眼睛，下一刻便将自己的身体泡进了透明的热水里。

十分钟前，她们在“晓星瞭望台”目送完白银机龙起飞，便在艾莉的提议下急匆匆地来到了五层楼下的大浴场。艾莉给出的理由是瞭望台外围丛生的树木挡住了她们看机龙的视线，但她想必还看穿了两人想泡澡的心情。

大浴场里的落地窗差不多有天花板那么高，的确可以将澄净的天空尽收眼底。也不知是什么原理，垂直上升的机龙几乎彻底变透明了，找起来有点麻烦，但星王专用机也无法藏住白色的尾焰，亚丝娜和爱丽丝亦因此得以目送它平安地飞向宇宙。说不定还有两三个圣托利亚市民发现了……亚丝娜这么想着，把肩膀泡到热水中，旋即发出“啊……”的感叹声。

她委身于这种大脑酩酊般的舒适感，心想好像很久以前也有过这样的经历。

不，这不是错觉。那时他们在攻略艾恩葛朗特第七层，差不多是四年前的事了。那个连续任务的舞台是一家巨大的娱乐场，她和桐人在娱乐场附设的酒店里分头行动，在一个虽不及这个大浴场，但也相当豪华的浴池里泡过澡。当时一起泡澡的还有情报贩子阿尔戈、管理娱乐场的NPC少女，以及同为NPC的黑暗精灵女骑士，而她当姐姐般仰慕的骑士帮她擦了背，还对她做了一个不像是NPC会做的恶作剧……

一阵强烈的疼痛突然从后背蹿到心口，痛得她喘不过气来。她强行停止回忆，集中精神感受裹住身体的热水。

疼痛不久便缓缓消散，那些日子不会再回来了，她也绝对无法与黑暗精灵骑士及其他NPC再会，但留下他们努力生存的印记的艾恩葛朗特成了The Seed连结体这棵大树诞生的摇篮，而这个Under World正是在其顶梢绽放的花朵。

一切都会联结在一起，向前发展。大树的枝叶再次以Unital Ring之名集结，合而为一——就如卡巴拉思想中的生命树一般。

艾恩葛朗特的英文拼写忽然在她脑海中浮现。

Aincrad——她听桐人说，茅场晶彦在SAO事件前的讲话中提到过，这是“具象化世界”（An INCarnating RADius）的缩写。

但生命树似乎是从希伯来语的“无”——Ain中衍生出来的，若从这里断开，那剩下的就是crad了。虽然不知道希伯来语里有没有这个单词，但如果这是英语，能联想到的就是cradle——摇篮。

无的摇篮。

不，卡巴拉思想说的好像是无生出无限，无限又生出……

她模糊的记忆在此中断，让她轻轻舒了一口气。试图理解茅场晶彦的思维也毫无意义——为了实现创造真正异世界的夙愿，他将一万人卷了进来，其中四千人因此死去，他竟然还能若无其事地继续扮演血盟骑士团的团长希兹克利夫……她又怎么能理解这种男人的内心想法呢？

可他开发的完全潜行技术及由此发展而来的Soul Translation技术又使她不得不打心底里感到佩服。

现实世界自不必说，她迄今为止也在VRMMO游戏里泡过无数次澡，但她总觉得在Under World泡澡比在现实世界泡还要舒服，不光是液体流动和皮肤感觉与现实无异，还能无比鲜明地感受到灵魂本身在浸泡热水般的舒适。

不对，RATH开发的Soul Translator（STL）能够接入人的灵魂，能给人这种感觉倒也不足为奇，但与之前——现实世界里的两个月、星界历上的两百年前——她在这个大浴场泡澡时相比，感官的清晰度显然又上了一个台阶。

——要是习惯了这个浴池，家里的浴缸就没法让我满足了吧。

亚丝娜全身放松下来，如此心想。

“喂，你在干什么啊，史蒂！”

啪沙！这声呼喊与巨大的水声重叠在了一起。

循声看去，红发少女正以完美的爬泳姿势在巨大浴池的对面畅泳。这个浴池长达四十米，宽达二十米以上，倒也能理解她想在里面游泳的心情……亚丝娜刚想到这里，周围就又响起了水声。

原来是刚才还在通道上训斥史蒂卡的罗兰涅跳进浴池里了。她转眼就以同样无懈可击的泳姿追上了搭档，还稍稍领先，史蒂卡也立即提速，和她一起你追我赶地游向浴池左侧。

“我以前也在这个大浴池里练习过游泳……仅限于周围没有人的时候。”

听到身旁爱丽丝的嗫嚅，亚丝娜也笑着回答：

“我小时候也在温泉疗养院……也就是Real World里的大型公共浴场里游过泳，当时妈妈还狠狠骂了我一顿。”

她说到这里才想起爱丽丝在卢利特村生活的父母早已去世，但她还没来得及开口道歉，爱丽丝就抢先说：

“别在意，我本来就没有小时候的记忆……只要能和赛鲁卡重逢，我就别无他想了。”

闻言，亚丝娜便在浴池中伸出左手去找爱丽丝的右手，将其紧紧握住。

“桐人一定会找到解除石化的术式的。”

“嗯，我相信他。可是……”爱丽丝犹豫了一下才自言自语似的说，“桐人……不，星王为什么要将术式封印在阿多米纳星？若是想确保安全，那中央大圣堂上层才是最安全的地方吧。”

“说得也是……”

亚丝娜点了点头，看向水面，就发现一个褐色的小毛球正拍打着水花，慢悠悠地从右往左游去。是艾莉的宠物纳兹。爱丽丝也看得有些傻眼，说：

“那只老鼠还会游泳啊……”

“长耳濡鼠本来就栖息在央都北部的湿地地带。”艾莉跟在纳兹身后走来，略显羞赧地用双手挡着身前补充道，“它的手脚上长着蹼，认真游起来会比鱼还要快。”

“这……这样啊……”

纳兹仿佛听懂了众人的对话，一下子潜入水中，勉强能看到它以惊人的速度游向了远处。

前方是已经在浴池最左边折返的史蒂卡和罗兰涅，两人并驾齐驱，难分胜负，而纳兹在她们身后一转弯便轻松超越，顺势向右侧游去，还在到达终点的前一刻跃出水面，一跳到大理石通道上就回过头来骄傲地叫了一声：

“咕噜噜噜，啾！”

虽然亚丝娜听不懂老鼠语，但也很快就明白了这是“我赢了！”

的意思。

史蒂卡和罗兰涅也在不经意间停下了划水的动作，呆呆地抬头看向宣示胜利的纳兹，最后一起鼓起了掌。纳兹越发趾高气扬起来，结果一不小心往后一倒，摔在了地上。

“呵，呵呵呵……”

爱丽丝忍俊不禁，亚丝娜也跟着笑了起来，随后艾莉也笑了。

在笑得让浴池水涟漪荡漾的同时，亚丝娜暗自下定决心——

绝对要守护好这个世界。在一个月前的记者见面会上，神代博士曾预言Real World人和Under World人能同样以人类身份进行交流的时代终将到来，在此之前，她绝不会让别人破坏它。

——这是被赋予“创世神史提西亚”之力的我应负的责任。

5

10月3日周六，上午10点——

拉斯纳里奥镇西区的巴钦族居住地的第一个婴儿出生了。

这时西莉卡正在北区的厩舍里给宠物们喂食。离Unital Ring事件发生已经过去六天了，众人有了棘针洞穴熊米夏、背琉璃暗豹阿黑、长嘴大鬣蜥阿鬣、钝色尾长鹫阿铅及西莉卡的搭档毕娜这五只宠物，成了一大家子。

好在除毕娜以外的四只都是杂食或肉食动物，都很喜欢吃库存堆积如山的“夺命者”的肉（简称夺肉），这下好一段时间都不用担心饲料不够了。西莉卡从道具栏中取出夺肉，依次分给米夏、阿鬣、阿黑，之后又喂饱了新伙伴阿铅，就在她顺手轻抚它脖子下的柔软羽毛时，莉兹贝特冲进了厩舍。

“西莉卡，生……生了！生了！”

“生……生什么啊?!”

“孩子！孩子！”

“是莉……莉兹小姐的孩子吗?!”

“怎么可能是我的啊！真是的，快过来吧！”

说了几句，莉兹贝特就硬拉着西莉卡来到巴钦族的大型帐篷，西莉卡这才看到了女族长伊塞尔玛抱着的婴儿。

“哇！”

人们常以“玉婴”二字形容婴儿，而襁褓里的孩子的皮肤是那么的光滑润泽，不禁让人觉得世上不会再有比他更适合这个形容词的人了。西莉卡更是在看到他的那一瞬间就忍不住惊叫了一声。

孩子正在伊塞尔玛那与艾基尔不相上下的健壮臂膀中安稳沉睡，西莉卡盯着他看了一会儿，抬头向伊塞尔玛问道：

“这是伊塞尔玛小姐的孩子吗？”

族长微微苦笑着回答：

“我看上去像是marou了吗？这是斯波尔的妻子卡亚特蕾的孩子。卡亚特蕾正在那里休息呢。”

“Ma……marou是什么意思？”

“肚子里有了孩子的意思。”

“啊，这样啊。Marou……marou……”

西莉卡重复了几遍刚刚学到的单词，伊塞尔玛就满意地朝她点了点头，她的眼前随即弹出了一个写着“巴钦语技能熟练度升至16”的信息窗口。

Unital Ring世界有巴钦族、帕特尔族、奥尔尼特族等土著民族，他们都有着自己的语言，如果相应的语言技能熟练度为0，就只能听到要用符号表示的奇怪声音了。

不过只要努力竖耳聆听，偶尔也能听到一些可以用片假名表示的单词，在NPC面前多念几遍，得到其认可就有机会提升该种语言技能的熟练度，等熟练度达到10，他们的一小部分对话就会变成日语——真是复杂的机制。

但据超级AI结衣所说，在熟练度为0的时候听到的神秘语言其实只是对日语进行了几重调音，使其变得难听清楚了而已。她自行对这种调音进行了分析和解除，所以她在第一次遇见巴钦族时就近乎完美地掌握了巴钦语技能。虽然有点硬来，可要是没有结衣的这项能力，西莉卡、莉兹贝特、结衣她们大概率会无法与桐人一行会合，第一晚就被逐出这个世界。

想到这里，西莉卡不由得有些感慨。邀请巴钦族来到这个镇上，让他们在这里诞下孩子，这是一件多么美好的事啊……突然，伊塞尔玛平静地说：

“西莉卡，你要抱抱他吗？”

“欸……可……可以吗？”

“当然了。巴钦族流传着被众多勇士抱过的孩子定能健康成长的传说，你也是杰出的勇者啊。”

“哎呀，我也没有那么……”

西莉卡不好意思地缩了缩脖子，一旁的莉兹贝特用力拍了拍她的后背。

“你在那谦虚个什么劲啊！我刚才抱过，感觉……嗯……”

莉兹贝特像失了语似的接连拍打西莉卡的背脊，西莉卡将她推开，战战兢兢地伸出双手，伊塞尔玛便把婴儿连襁褓一起递了过去。

单论重量，建造城镇时频频搬运的木材和石材比孩子重多了，但孩子身上有一股香甜的味道，还那么柔软和温暖，这些感觉综合起来，让西莉卡觉得自己的臂膀仿佛承受了千钧之重。

不知是不是西莉卡的抱法让他有些不舒服，睡梦中的孩子微微皱了皱眉，奶声奶气地叫了起来。正以为他要哭出来了，西莉卡右肩上的毕娜就伸出长长的脖子，用脑袋蹭起了他的脸颊。他似乎很喜欢这种触感，很快就不再哭闹，再度进入了梦乡。

“给这孩子取名了吗？”

西莉卡小声问道，伊塞尔玛点头说：

“嗯，他叫耶鲁。”

“耶鲁……小耶真是个好孩子啊……”

在轻轻晃着孩子的同时，西莉卡不禁心想。

自己也会有这样抱住亲生骨肉的一天吗？

她希望有，但她不觉得现在的自己能迎来那样的一天。恐怕她要在某时某地下定决心离开这个舒适的地方，才能与人恋爱、结婚、组建家庭……

——珪子，你是不是疯了啊？

——被卷进那样的事情里，躺了两年的病床，竟然还敢玩虚拟现实游戏，你真是疯了。

两周前偶然重逢的小学朋友的话再次在她脑海中复苏。

对她来说，虚拟世界和在虚拟世界里建立的牵绊都是无比珍贵的宝物，伙伴们一定也是这样想的，但一行人也可能只是像一群结束了漫长而痛苦的旅途的动物一样，想聚在安全的地方抱团取暖、短暂休息而已。这不过是众人为了疗愈在*Sword Art Online*这个残酷世界里受到的伤害而筑起的精神避难所。

若是如此，大家有朝一日都会离开这里，踏上只属于自己的道路的吧。在归还者学校读高三的亚丝娜和莉兹贝特四个月后就要考试，西莉卡没有问过她们在考虑走什么样的路，可是她们的登录频率明显降低了，也不知道她们升学以后还能不能再像现在这样一起玩游戏。

因此从某种意义上来说，这起Unital Ring事件或许就是大家最后一次并肩作战的舞台了。抵达“极光所指之地”，解开所有谜题，回到ALO之际……所有人都必须做出自己的抉择。

这也是无可奈何的事。逝者如斯夫，西莉卡她们总要一天天长大成人，再开心的时光也总有结束的一天。

但即便如此——不，正因如此……

西莉卡抱紧了怀中熟睡的孩子。假如Unital Ring事件的解决意味着这个世界的消灭，那在这里生活的所有人——巴钦族、帕特尔族和刚刚出生的耶鲁都会消失殆尽。如今西莉卡已经和他们建立了牢固的信任关系，她实在无法接受这样的未来。

六天前，她确实在装点夜空的巨大极光下听到了这样的一句话。

——我将把一切赠予第一个到达极光所指之地的人。

现在还不知道“一切”指的是什么，但看这场异变的规模，那估计不是单纯的道具或能力值，若是管理者权限之类的东西，那就算无法拯救整个世界，也会有机会救下NPC的吧。

最后西莉卡又深吸了一口孩子身上的奶香，抬起头来说：

“伊塞尔玛小姐，谢谢您让我抱他。”

“该道谢的是我才对。”

说完，族长便用一只手轻松地接过了西莉卡递来的襁褓。

离开帐篷后，西莉卡和莉兹贝特一起长长地叹了一口气。

“孩子好可爱啊……”

“好可爱啊……”

“还口齿不清地说话了呢……”

“说话了呢……”

西莉卡看了只知道重复她的话的莉兹贝特一眼，发现对方的表情彻底松弛了下来。她很能理解莉兹贝特的心情，但现在可不是一味高兴的时候。既然帕特尔族和巴钦族都接连生下了孩子，拉斯纳里奥也必须进一步加固防备。

不过他们前天深夜已经击退了最大的敌对势力——穆达希娜大军，至少原ALO组里应该不会再有人想要破坏或者占领拉斯纳里奥了。从昨天傍晚开始，到访拉斯纳里奥这个攻略中转地的玩家也慢慢多了起来，如今南区的商业区常常有四五十位客人光临，很是热闹。

令她惊讶的是，巴钦族和帕特尔族也做起了玩家的生意。帕特尔族售卖的是用他们在居住地内种植的蔬菜、豆类做的简单料理和干粮，而巴钦族摆摊卖起了用动物毛皮制作的防具及用兽牙和石头制作的首饰，这些商品凭借浓郁的异国风情博得了玩家们的好评。

姑且算是拉斯纳里奥运营负责人的桐人（毕竟这里曾经被称作“桐人镇”）表示不会向NPC收取场地费，原*Insecsite*组和原穆达希娜军的玩家们在南区经营的旅馆和商店却要自动上交百分之五的营业额，要是巴钦族和其他NPC的生意继续扩大，他们可能会产生不满。

这方面的规矩得在城镇真正开始发展壮大之前定好才行，但关键的桐人和副队长亚丝娜、爱丽丝都要到今天傍晚才能回来。希望他们不在的时候不会出什么问题……西莉卡想着，向依然漫不经心地走在路上的莉兹贝特问道：

“莉兹小姐，你的锻造店准备什么时候开门？”

“嗯？哦哦……锻造店啊。”莉兹贝特这才恢复正常，看向南区的街道说，“昨天我忙了一天，商品的库存已经很充足了，不过材料的供给还是让我有点担心……”

“材料……啊，铁矿石吗？”

“没错。拉斯纳里奥只有北边的‘熊洞’会产出铁矿石吧？虽说西莉卡你驯服米夏之后就没有再刷出棘针洞穴熊了，但一次能挖到的量完全赶不上拉斯纳里奥整体的消耗量。”

“家具和建筑物都要用很多铁啊……”

“早期缺铁也算是MMO的常态就是啦。在艾恩葛朗特的时候也让我头疼了好久呢——”

莉兹贝特说完就伸了个大大的懒腰，看向天空，西莉卡也随之抬头望去。

Unital Ring的时间与现实世界同步，此时拉斯纳里奥头顶还是一片晴朗的青空。现在凝望碎积云的另一头也看不到那座钢铁巨城了——事件发生后，原本绕阿尔普海姆飞行的新生艾恩葛朗特也转移到了这个世界，但由于失去了飞行能力，它坠落在南边二十公里处的"巴特兰卡高原"上，引发了一场大爆炸。据说当时身处内部的绝大多数玩家都当场死亡了。

艾恩葛朗特的外墙和架构主要以铁打造，去到坠落地点或许能得到大量的精炼钢铁，而不是铁矿石，但原穆达希娜军的玩家们说那附近有强得可怕的怪物在徘徊，难以靠近，这就意味着——

"我们必须开发新的采矿点……"

西莉卡嘟囔道，莉兹贝特点了点头，说：

"就是这样。桐人说一直沿着玛尔巴河往下走就能找到'瀑布后的洞窟'，里面有大量的铁矿石，但那里有点远过头了，要是被那个魔女知道了也很麻烦。反正都要找，真希望能在城镇北边找到铁矿。"

莉兹贝特所说的"魔女"当然就是穆达希娜了。在前天夜里的决斗中，一行人破坏了穆达希娜用以发动能够控制一百名玩家的可怕窒息魔法"不祥之人的绞环"的法杖（应该是），可惜她和她的同伴——魔法师玛吉斯、双胞胎剑士维奥拉和黛娅，还有那个不知名的替身最后还是借烟幕的掩护逃走了。

虽然西莉卡没有直接和他们交过手，也没有和他们说过话，但"绞环"带来的逼真窒息感已然深深铭刻在她的喉咙深处。穆达希娜能熟练运用那么强大的黑暗魔法，肯定不会因为区区一次失败就善罢甘休。"绞环"应该不能再用了，但此时她一定也在某处磨刀霍霍，策划着新的阴谋。

"斯提斯遗迹还有几千名原ALO组的玩家，要是拿铁制装备做报酬，她想再次建起百人规模的军队也不难……”

“如果这样的大军攻过来了，现在的我们肯定守不住的吧……”

西莉卡和莉兹贝特对视了一眼，同时看向后方的帐篷。

耶鲁还在里面熟睡，东区的帕特尔族居住地还有好些几天前刚出生的孩子在活泼地跑来跑去。是西莉卡她们让两族人移居到这里来的，自然有义务从外敌手中保护他们。

“莉兹小姐，要去北边探索看看吗？”

“我也正想这么提议呢。”

两人再度对视，一同露出笑容。

在Unital Ring死上一次就全完了，绝不能鲁莽行动，但也不能在镇上闭关自守。西莉卡和莉兹贝特现在都是16级，在一众伙伴之中算是高级的，然而四处挑战头目级怪物的桐人很快就超过了20级，她们想在他不在的时候升个一……不，升个两级，能追一点是一点。

其他伙伴也差不多该上线了吧。四人小队加米夏和毕娜，这战力足以探索森林了。

不知不觉间，快步行走的西莉卡和莉兹贝特都冲着小木屋跑了起来。

VRMMO果然很好玩。和伙伴们一起到未知领域探险的兴奋是其他任何体验都无法替代的。

这段时光终有一天会结束——正因如此，她才更要全力享受当下。

西莉卡头顶的毕娜仿佛感受到了她的决心，张开翅膀“啾”地叫了一声。

▶6

切碎冰箱里吃剩的蔬菜，简单炒过后加入罐头番茄炖煮成简易意式杂烩浓汤，再配上也是吃剩的法棍面包，就是朝田诗乃 / 诗乃迟来的早餐了。吃完早饭后，她心想——

桐人、亚丝娜、爱丽丝三人今天一早就要前往Under World进行调查，要到傍晚才回来，因此Unital Ring的攻略预计会在晚上7点正式开始。周五的作业昨晚就做得差不多了，就剩古典文学B版（**注：日本高中教材分为A、B两版，B版对知识点的阐述比A版详尽，对学生能力的要求也相对较高**）的练习册还没做完，要是在ALO，还能把作业带到游戏里，和伙伴们互相监督、互相帮助，开开心心地写完，只可惜Unital Ring没有读取外部信息的功能。

优先学习是诗乃平时坚持的信条，没做完的功课会让她时时惦记着，难以全身心享受游戏，所以她本打算花一上午的时间集中精神做完作业，下午再潜行……想是这么想，她内心却越发在意起了拉斯纳里奥镇的情况。

在因为惦记作业而无法在游戏中发挥全力、因为惦记游戏而无法专心做作业之间，还是后者更显得荒废学业吧。是不是先去拉斯纳里奥转一圈，确认大家一起建成的城镇一切完好，再回来安心完成作业比较好呢……

——总感觉这是桐人会想的事……

诗乃暗自想道，戴上AmuSphere，躺到了床上。

“开始连接。”

她压下涌上心头的些许罪恶感，喊出语音指令，通过光之隧道时还特意提醒自己只能在镇上转一圈，但就在枪手诗乃出现在小木屋客厅里的那一瞬间——

“有后卫了！”

有人这样喊了一声，还从后面扯住她的衣领，让她忍不住发出惊叫：

“呜喵?!怎……怎么了?!”

环顾四周，西莉卡和克莱因就站在她眼前，听刚才的声音，从背后抓住她衣领的应该是莉兹贝特吧。

“你们到底是在干什么啊？”

诗乃眨着眼睛问，西莉卡笑着说：

“早上好，诗乃小姐！我们接下来要去探索北边的森林，你要和我们一起去吗？”

“我……我只是想来镇上转转……”

她回答完才反应过来，如果她不答应，背后的人是不会放开她的。

“啊……好吧。别花太长时间就行。”

“不会的，不会的！就是去未涉足区域刷下地图而已！”

克莱因笑着向她保证。

“没错没错，再顺便找一下铁矿就行啦！”

背后的莉兹贝特跟着喊道。

“好好好……”

真可疑……诗乃心想，但还是答应了。

四人检查完装备，补充完消耗品，便到厩舍将棘针洞穴熊米夏拉进队伍，从东北方位的二时门离开了城镇。

结衣好像为配合桐人他们在Under World进行的调查而将大部

分资源用在了网络监视上，所以不在Unital Ring里——他们一走就等于桐人队的所有人都离开了拉斯纳里奥，虽然南区还有几个*Insecsite*组的人，但估计正式开始攻略后就不会再有在镇上留人的余力，只能祈祷不会有人来破坏这个刚刚开始运转的中转地了。

出门向北走三十米，专为搬运木材而建的小路就走到尽头了，尚未砍伐的原生林挡在了众人面前。那是一幅与“杰鲁埃特里奥大森林”之名相称的庄严景象，但与现实世界的森林不同，地上没有碍事的草丛和灌木，只有柔软的小草，太阳透过树荫洒落的束束金光照在上面，让人仿佛走进了伊万·希什金画中的世界。

“嗯嗯，森林真好啊——”

“嗷噜噜……”

担任前卫的克莱因伸着大大的懒腰说。殿后的米夏也赞同般地低吼了一声。

待在这里确实舒服，但他们不是来野餐的。

“我说克莱因，你有在好好侦察吗？”

“也要仔细找铁矿石哦。”

诗乃和莉兹贝特接连提醒道，弯刀手却竖起右手的大拇指说：

“放心！也就只有鬼和变色龙能逃过本大爷的侦测了！”

“没人能保证白天森林里不会闹鬼吧。”

“欸欸，不会的吧……”

应付完诗乃的反驳以后，克莱因还是频频地观察起了周围的情况。

至少桐人和爱丽丝确认过Unital Ring世界里确实有鬼——灵体系不死族怪物了。四天前，他们在去斯提斯遗迹接阿尔戈的路上无意间达成了任务怪物“Vengeful Wraith”的出现条件，一度险些丧命。

满足其出现条件“手上持有实体化的银质物品”的似乎是诗乃交给爱丽丝的一枚银币。诗乃是想让爱丽丝帮忙在斯提斯遗迹的NPC商店买些滑膛枪子弹或者炸药才把银币给她的，可惜她说没见到有人卖这些东西。

子弹都是铁弹，暂时不必担心会用尽，问题是炸药。把滑膛枪让给诗乃的奥尔尼特族兄妹说过，炸药是由碳粉和一种名叫“爆金龟”的虫子的分泌物混合而成的。

听说爆金龟栖息于生长在基约尔平原西侧的仙人掌根部，可是那里离拉斯纳里奥三十公里远，路上还矗立着一面万里长城般的高墙，很难跨过去。

手头的炸药还剩六十个左右，用完就只能拿强制转移后死去的原GGO玩家的遗物——激光枪“参宿五SL2”来用了。这把枪自然无法再充能，一旦耗光能量就是真正的山穷水尽，还是得尽早确保能自制炸药才行。

诗乃边想边在美丽的森林中前行，不久，前方就响起了低沉的振动声。

“嗷！”身后的米夏发出短促的警告声，走在前面的克莱因和莉兹贝特同时停下了脚步。

嗡嗡……这声音和Gun Gale Online（GGO）中出现的大型机械系怪物的驱动声很像，但音高似乎有些微妙的差异。她凝视前方，却被古树树枝和藤蔓植物形成的帘幕挡住了视线。

克莱因在唇前竖起食指，示意安静，然后指了指绿植帘幕较薄的地方。诗乃她们点了点头，蹑手蹑脚地走上前去。

轻轻拨开藤蔓，前方便是一条由灌木构成的拱形隧道，震动声好像就是从隧道的另一头传来的，这条隧道勉强能容米夏通行，但熊应该不会向后闪避，万一前面有怪物冲来就麻烦了。

见状，诗乃和克莱因再次打了个手势，决定继续侦察。两人踏入隧道，边走边调查左右两边丛生的灌木——树枝看似都很坚硬，上面长着密密麻麻的尖锐木刺，估计是一触碰就会受伤的不可破坏屏障吧。肯定就是这些带刺灌木不断向东西延伸，将整个森林一分为二了。

但好在这条隧道只有十米左右长，出口同样被藤蔓覆盖着，后面传来了刚才听到的时高时低的振动声。

诗乃站在克莱因身旁，小心地用手指揭开帘幕的那一瞬间——

“唔呃！”

弯刀手就小声惊呼道。你还好意思让别人安静呢！诗乃差点就想这样吐槽，但她很能理解他的心情。

隧道深处有一个直径约五十米的圆顶形空间，中央有一棵硕大的古树，这是他们目前为止在Unital Ring世界中见过的最大的树之一，地面上还到处开着大王花般的巨大花朵，颜色过分鲜艳的花瓣看上去十分危险，不过克莱因不是因为这些才发出惊呼的。

黑褐色的块状物体吞噬了古树虬结的枝干——表面布满鳞状条纹的椭圆体长得和蜂窝一模一样，但其直径足有五米以上，五六个这样的椭圆体结合在一起，看着就像蜂巢公寓似的。

而蜂巢公寓的居民当然就是蜂群了。

巢中布满了洞穴，身形细长、体长逾五十厘米的巨蜂正从那里频繁出入。它们全身散发着暗绿色的金属光泽，有着淡褐色的翅膀，屁股上还有弯曲的长针。

嗡嗡嗡……从巢中飞出的巨蜂带着沉重的振翅声在圆顶内飞舞，很快就落到地面的大王花上，把头扎进了花蕊里。稍后便再度起飞，回到巢中——根本无法估算这里一共有多少只巨蜂。

“这要是不小心走近就完了啊……”

克莱因呢喃道。大多数怪物都是这样的吧。诗乃心想，但还是重重点头同意了他的看法。俗话说多一事不如少一事，她很想立马撤退，可是看周边的地形，眼前这个蜂巢圆顶恐怕……

“喂，喂，你们几个！”

突然响起的人声让诗乃反射性地举起了滑膛枪，快速瞄向左右，只见右侧稍远处的墙边有一个由灌木和岩石围成的天然避难处，一个男人就蹲在里面。

——我竟然会从这个距离看漏，他的隐蔽能力真强啊。

她略有不甘地看着对方想。在Unital Ring世界，光是四目相交并不会出现光标，但她见过这个人。他是之前奉穆达希娜之命来拉斯纳里奥侦察，却被*Insecsite*组抓住了的原ALO玩家，名字好像是叫……

“欸，这不是弗里斯科尔吗？”

男人听到克莱因的嘟囔便连连点头，招呼诗乃他们过去。

假如弗里斯科尔一直在这个蜂巢圆顶侦察，诗乃倒很想让他分享一下情报，但莉兹贝特她们还在入口等着，烦闷指数估计都快爆表了。再这样下去她们很可能会带着米夏一起冲进来，诗乃便朝他招招手，小声说：

“你过来。”

弗里斯科尔瞬间摆出一张苦瓜脸，但还是点了点头，然后一边观察巨蜂的动静，一边爬出避难处，再快速贴墙爬行，悄无声息地进入了隧道。

他这才站起身来，一身奇怪的打扮随之显露——那是一件褪了色的绿色连帽长袍，长及全身，还缝着细密的麻线，就像是狙击手用来隐藏自己的吉利服……功能就是完全一样的吧。

“嗯？你在看这个吗？”可能是察觉到诗乃的目光了，弗里斯科尔低头看了看自己的打扮并贼笑道，“不错吧。这是拉斯纳里奥的老鼠……不对，是帕特尔族卖给我的，他们还说要花四天才能做好一件呢。”

“这样啊……”

等他们下次进货，我也去买一件好了。诗乃暗自想，旋即回过神来，现在可不是胡思乱想的时候。

和弗里斯科尔一起出去后，诗乃向等得急不可耐的西莉卡和莉兹贝特道了不是，说明了圆顶内的情形。两人听着听着也皱起了眉头。

“蜂群啊……”

“是很熟悉的敌人了，不过……”

正如西莉卡所说，ALO和GGO都有蜂类怪物，SAO里面肯定也有，可以说是相当典型的怪物，但绝不好对付——它们同时具备“飞行”“毒”“群居”这三大危险要素，在大多数游戏里都被设置成了玩家前期到中期的强敌。

克莱因似乎也有同感，他摸着自己的络腮胡说：

“那蜂巢大得和房子一样，一看就很危险啊。绕过去才是明智之举吧。”

“我就知道大叔你会这么想。”

弗里斯科尔莫名得意地插嘴道。克莱因愤愤地回了一句“你也和我差不多大吧！”弗里斯科尔却不以为意，转而问诗乃她们：

“你们也知道Unital Ring世界是什么构造吧？”

“嗯……整体是一个半径七百公里的圆形，来自各个VRMMO世界的玩家们分散在圆形外围，要到达中央的终点才能通关。”

诗乃简略地说起从阿尔戈口中得到的情报，弗里斯科尔听完便再次勾起嘴角。

“大致没错，就是有点过时了。”他捡起脚边的枯枝，在土壤外露的地方画了一个大圆，再往里面画了个圆环才说，“综合各种The Seed游戏玩家的话来看，这个世界不完全是平面，而是以终点为中心的分层结构。”

“分层？像婚礼蛋糕那样？”

西莉卡歪着脑袋问。弗里斯科尔闻言便以稍微快了一些的语速说明道：

“没错，是叫同心圆来着？假定半径是七百公里，听说从最外围的海岸线往里走一百公里左右就会升高一层，再往里还会再高一截。斯提斯遗迹北边也有一面悬崖，每层的高低差好像是它的六七倍……有两百米以上。要是用地上画的这种比例尺来看全域地图，这落差和一张厚纸的厚度差不了多少，但徒手攀登肯定是自杀行为。”

“那要怎么到上层去？”

莉兹贝特问道，弗里斯科尔又贼笑着说：

“接下来就要收费了……我很想这么说，但你们帮我解除了穆达穆达的坏坏魔法，我欠你们的人情，这次就不收钱啦。”

“穆达穆达”应该是指穆达希娜，万一这事露馅，她肯定会来追杀弗里斯科尔的吧。那就是他罪有应得了。众人对他的玩笑话视若无睹，催促道：“快说。”

“听好了，这是真正的超稀有情报，你们可别随便告诉别人啊。每一层都有能往上爬的地方，基本都藏在打通悬崖内部的迷宫里，其中好像还有凿在悬崖峭壁上的石阶和摇摇欲坠的梯子。”

弗里斯科尔神秘兮兮地小声说，但老实说听完也只会觉得“那肯定啊”——没法直接攀登悬崖，要是再找不到向上爬的路，那这游戏就不用玩了。

他也从诗乃等人脸上看出了这样的想法，连忙补充了一句：

“我还听说通往攀岩地点的路上都设置了很棘手的障碍，有的是失败即死的解谜机关，有的是三十人组队攻略也会全军覆没的野外头目。”

“就是说刚刚的蜂巢也是野外头目？”

听到诗乃的问题，弗里斯科尔郑重其事地颔首道：

“嗯，肯定是。我在这条隧道的东西两头走了好久，发现路上全是不怕刀砍火烧的尖刺灌木丛，根本没法绕过那个蜂蜂区域。估计那就是给从斯提斯遗迹出发的玩家设下的第一道障碍了。”

“原来如此……”

这与诗乃的推测一致。换句话说，若不设法突破那个蜂巢圆顶，他们就无法到达“极光所指之地”了——不，还有一个不太正派的办法。

“如果你说的是真的，那从这里一直往东或者往西走就能看见为其他游戏的玩家而设的障碍和攀岩路线了吧？要是有人突破了那个障碍，我们是不是也可以搭个便车，沿同一条路线爬上去？”

“啊……这也没错。”弗里斯科尔双臂交叉抱在胸前，让吉利服发出了沙沙声，“实话说，好像已经有人突破第一道障碍了。”

“真的假的?!”克莱因喊完又上前一步说道，“是从哪个游戏来的家伙？”

“真是的，我知道的也就这么多了啊。这是听回来的，我还没去取证，不过今早突破第一层障碍的势力有两个，第一个是从《天启之日》（*Apocalyptic Date*）这款只有兽人种族的游戏来的玩家。”

“啊，我听说过天启日！”西莉卡立即回应，还竖起头上的三角形耳朵，连珠炮似的说道，“玩家都毛茸茸的，超级可爱！好像也有爬行类和两栖类动物……我之前还在考虑什么时候转移过去玩玩呢。”

“我说小妹妹，那些家伙外表看着可爱，但可都是超级武斗派啊。据说他们就是因为自带厚重的毛皮和锋利的爪子，不怎么需要生产武器和防具才能快速攻略的。”

见弗里斯科尔泼自己冷水，西莉卡鼓起脸颊说：

“只要看着可爱，其他都无所谓啦！不说这个了，另一个是什么游戏？”

“啊，这个游戏很有名，你们肯定也听说过。”说完开场白，弗里斯科尔又装模作样地压低声音说，“是《飞鸟帝国》。”

闻言，众人不禁面面相觑。

这是就连不太熟悉GGO和ALO以外的VRMMO的诗乃也听说过的知名游戏。据闻它以基于日式风格世界观打造的美丽景观，武士、忍者、法师、巫女等丰富的职业设定博得了诸多玩家的喜爱，活跃玩家人数甚至与ALO不相上下。

“可是飞鸟和天启日不一样，得生产装备才行吧？飞鸟的玩家怎么会攻略得这么快？”

“简单来说，是因为他们没有内讧。”面对克莱因的问题，弗里斯科尔灵巧地抱着胳膊耸了耸肩，“就像我们ALO组因为穆达穆达爆发了激烈的内战一样，几乎所有势力都在游戏开始后不久就打起来了。左边的GGO组在为争夺弹药火拼，右边的*Insecsite*组的六足（Six）和八足以上（Eighmore）也在自相残杀吧？不管是从哪个游戏来的，在确定由谁掌握主导权之前都没法正式开始攻略，但飞鸟组好像早期就确立了牢固的互助关系，在初始地点附近建起了超大的生产据点。”

“……”

诗乃一行再度陷入沉默。

弗里斯科尔说得没错，在这六天里，原ALO玩家们一直都在内斗。不过这都要怪魔女穆达希娜一派从首日起就布下无数阴谋，还用极大魔法“不祥之人的绞环”束缚、控制了近百名攻略组玩家。

如今她的阴谋暂时被挫败了，但还是留下了深远的影响——很多攻略组玩家因为害怕再次被“绞环”束缚而放弃了攻略。

一步慢，步步慢，这已经是致命的落后了吧……想到这里，诗乃不甘心地咬住了嘴唇。

“喂喂，别丧气嘛，诗乃诗乃。”弗里斯科尔刚刚才散播完令人失落的消息，这会儿又拍起了诗乃的右肩，“飞鸟组和天启日组确实已经遥遥领先了，但我们也有巨大的优势啊。”

“什么优势？”

“还用说吗？当然是我们的拉斯纳里奥啊！目前只有我们一家能在离初始地点三十公里远的地方建起那么大规模的据点，要是今天能突破这个蜂蜂区域，之后一定能靠补给方面的优势赶上他们的。”

“好像有点道理……”

诗乃缓缓点了点头。ALO有许多便利的魔法，有时还能强行推进漫长的连续任务，但在GGO中，补充子弹、能量和急救包是重中之重，要想在远离城镇的地方做大型任务，就得先在荒野中扎营。

Unital Ring里也有魔法技能，但现在还无法生成水和食物，到达世界中心之前想必要多次在前线和生产据点之间往返，在这一点上，等同于大型前线基地的拉斯纳里奥就很让人放心。

多亏桐人、亚丝娜和爱丽丝拼命守住了从新生艾恩葛朗特上坠落的小木屋，才一步步让城镇发展到了现在这个规模。她一定要为晚上才能登录的三人取得一些进展才行。

“好，我们去突破那个蜂巢圆顶吧。”

听到她这么说，克莱因、莉兹贝特、西莉卡还有弗里斯科尔都笑了。她还瞪着这个自来熟的家伙补充道：

“还有，你要是再敢叫我诗乃诗乃，我就一把火烧了你这件看着很容易烧着的吉利服。”

7

——好了，快起来吧，桐人。

耳边隐约传来的低语声让我慢慢地睁开了眼睛。

满天星辰随即在我眼前铺开。我是在外面睡着了吗……我迷迷糊糊地想，这才注意到传遍全身的稳定振动。

这里不是室内，也不是室外，而是机龙“X'rphan十三型”的机舱内部。

一抬头就能看见坐在驾驶席上的艾欧莱恩团长的头盔，头盔纹丝不动，但他肯定不是在睡觉，而是在专心驾驶机龙吧。我不好意思打扰他，便将头倚回靠枕上。

随后我再次闭上眼睛，尝试回想将醒时分做的梦，但记忆已如小雪般消融殆尽，让我不禁悄悄地叹了一口气。而前面的艾欧莱恩似乎察觉了我的动静——

“你醒啦，桐人。”

听见他轻柔的声音，我连忙挺起上身说：

“嗯……嗯，这你也知道？”

“要是连这都察觉不到，我也没法担任机士团团长一职了。”艾欧莱恩说着真假难辨的话，指向机舱的左前方，“看，我们马上就要到了。”

我收回放倒的座椅，透过座舱罩看向外面，忍不住发出惊呼：

“噢噢……”

一个巨大的球体在机体斜下方飘浮着，虽然在宇宙空间很难把控距离和大小，但那肯定就是我们的目的地——阿多米纳星了。

看到上面被阳光照到的地方在发出淡淡的黄光，另一边则是一片黑暗，我才有了这就是自己两百年前在人界仰望的月亮（露娜莉亚）的实感。我隐约记得有人和我议论过那颗星球上有没有城镇、有没有人居住，但我想不起来那人是谁了。

“那上面住着多少人？”

我小声问，艾欧莱恩也低声回答：

“五个种族加起来，大约五千人吧。”

“欸……就这么多？一颗行星上只有五千人？”

“毕竟人界和暗黑界都有很多空闲的土地，‘终结壁垒’外面还有大片未开发的‘外大陆’嘛。暗黑界也在推进绿化，所以很少有人专程移居到阿多米纳。”

“可是……等移居的人生了小孩之后……”

听到我这么说，艾欧莱恩有些讶异地回道：

“就算生了孩子，总人口也不会变哦。”

“欸？”

“逝世和降生的人是一样多的……Real World不是吗？”

我一时没听懂他这话是什么意思，眨巴了几下眼睛才终于想起来——

Under World的人口是有上限的。

这个世界的居民们的灵魂，也就是摇光，都保存在设于Ocean Turtle中枢部位的光立方集群里。这个集群好像是由共计二十万个左右的光立方构成的，因此无法生成超过这个数量的摇光。

两百年前，人界的总人口约为八万，暗黑界也大致相同，当时约有四万个光立方未被使用，只要世上不再有战争，肯定很快就会用光——事实就是如此。Under World当前的人口总数已达到二十万这个物理上限，如果没有人死去，让光立方初始化，就无法加载新的灵魂了。艾欧莱恩所说的“逝世和降生的人一样多”就是这个意思。

“不……Real World没有这个限制。”

这话让机士团团长诧异地皱起了眉头。

“欸……那人口不就会无限增长了吗？”

“会啊。”

我点点头，一边心想“他会信吗……”一边接着说：

“现在Real World的总人口已经超过八十亿了。”

“八……”

沉着如艾欧莱恩也沉默了足足三秒，才尽力把上半身转向左边，满脸惊讶地从略低一些的驾驶席上看着我说：

“你……你刚刚说八十亿？十万的八万倍？”

“呃……”我在脑中快速数了下有多少个零才点头道，“嗯，十万的八万倍。”

“哎呀……”机士团团长微微摇了摇头，转回去说，“看到异界战争时期有数万人规模的Real World军接连传送过来的记录，我就猜那边的人口也相当多……但真没想到要以亿为单位，那难道……”

他说到这里就戛然而止，小声补充了一句“不，没什么”。

即便我不太会察言观色，也很快就明白艾欧莱恩他想说什么了——万一Under World与Real World之间爆发出规模比两百年前还大的争端，那就会是一场二十万人对八十亿人的战争。他想到了这一点。

为了避免这种状况，菊冈二佐、神代博士、爱丽丝，还有我、亚丝娜及伙伴们都在努力，但我们绝不能轻易说一定能阻止战争爆发。因此我轻轻呼出憋着的一口气，换个心情说：

“阿多米纳的一天和卡尔迪纳一样长吗？”

“没错。不过阿多米纳的首都——奥利的位置正好和圣托利亚对称，现在还是深夜。”

“奥利……”

我想了想这个名字的来由，可惜完全没有头绪。要是结衣在，她应该会对照各种语言，提出多种可能性，但她现在负责在我、亚丝娜、爱丽丝潜行时监视网络，本身也无法登录Under World。

于是我边想边看向阿多米纳星的黑夜区域，勉强看到了一些人工亮光。然而机龙没有直接前往该处，而是在飞向东边一个较远的地点。

“那个……我们不能直接降落到城镇的飞行场吧？”

艾欧莱恩毫不迟疑地点头回答了我的问题：

“那当然了，就算有隐形装置也没法在夜里藏起尾焰啊。”

“那我们在远处降落后要怎么去城镇？”

“桐人的大长腿难道是摆设吗？”

——真的假的？我的腿也没那么长吧。

对方像看穿了我的想法似的笑了笑，便把操纵杆往前推。

白银机龙随即向昼夜界线平缓落去。

阿多米纳星表面呈黄色的原因完全超出了我的预料。

我本以为那是天空的颜色，但从地表抬头望去，阿多米纳的天空和卡尔迪纳一样是澄澈的蓝色，却有大片地面被染成了淡黄色——准确来说是被漫山遍野的淡黄色花朵覆盖着。

此时机龙正在离地一千米的高空中滑翔，我在机舱里望着无边无际的花田，呆呆地说：

“这些花……都是人种的吗？”

“不，听说星王第一次降落到这里的时候就是这副模样了。”艾欧莱恩仿佛早就料到了我会这么问，流利地解释了起来，“在这个高度可能看不清楚，但其实地面上有好几种黄色的花在交相盛放，还会随着季节变化渐渐更替，所以阿多米纳看上去一年四季都是黄色的。”

“哦……”

要是阿多米纳星的地形真的是RATH员工设计的，那也未免太随意了吧！我很想这么吐槽，但事实大概并非如此。应该是Cardinal System在Under World人——传闻没错的话就是星王——靠近阿多米纳这颗之前一直被称作月亮（露娜莉亚）的星球之际才自动生成了详细地图。如果真是这样，那就只有“大图书馆的贤者”卡迪纳尔知道为什么会采用这种设计，可惜她已经不在了。她和自己的分身——最高祭司阿多米尼斯多雷特只在两颗行星的名字中留下了自己的印记。

我从一望无尽的花田上移开目光，看向前方的天空。天色正逐渐从暗红转为深蓝，这不是晚霞，而是朝霞——我们正远离朝阳，向黑夜进发。前面还看不到一丝城镇的光亮。

“那个，要想悄悄靠近首都，比起从白昼区域，还是从黑夜区域进去好点吧。”

我不经意地问道。艾欧莱恩一边在半空中比画，一边回答：

“是这个道理，但这样需要绕行星一周，飞行距离会变为原来的两倍。我们姑且是从首都奥利地平线外的航线进入的，被发现的可能性很低……应该是吧。”

机龙突破大气圈——在Under World似乎称作“气圈”——的位置确实完全看不到首都的街灯，这个世界也没有雷达和人工卫星，只能用大型望远镜进行远距离观测，因此很难发现在广阔的空域里只有一个点那么大的机龙。

X'rphan十三型带着平稳的引擎声在黄色花田上空飞行，完全不像是刚从数十年的沉眠中苏醒的机龙。零星可见的树木的叶子也都是黄色的，真想让亚丝娜和爱丽丝也看看这片风景，无奈机龙只能坐两个人，假如能完成在阿多米纳的任务，唤醒赛鲁卡、罗妮耶和蒂洁，那应该会有机会叫上大家一起造访这颗星球的吧。

随着机龙前进，暗红色的朝霞渐渐被抛在身后，深蓝色的夜空则在不断扩张。这意味着机龙的飞行速度超越了行星的自转速度，但不知是因为这里是虚拟世界，还是因为机龙身上有什么机关，我竟然感觉不到一丝空气阻力。

我记得我在异界战争期间曾尝试用心意力全速飞行，当时还要用风素防护罩抵御迎面而来的风。换言之，尽管Under World里没有空气分子，但还是模拟了空气阻力，那这架机龙肯定也有类似的装置吧。现在想想，机龙从宇宙冲进气圈的时候也没有像动画或电影里那样发热变红或剧烈晃动。

“喂，艾欧莱恩……”

我正想问问他机龙是怎么抵消空气阻力的——

哔哔！哔哔！机舱内就响起急促的警报声，仪表盘各处都亮起了红灯。

“怎……怎么了?!”

我慌忙问道，艾欧莱恩以紧张却不失镇静的声音说：

“是心意反应。桐人，你做什么了？”

“我什么都没做啊！”

“那就是攻击了。我看着上面，你监视下面吧。”

“明……明白！”

虽说很想知道发起攻击的是谁、为什么要攻击我们、是怎么攻击的，但现在没时间刨根问底了。我睁大眼睛，来回看向左下方和右下方，很快就看见了好几束红光正从左前方的晨昏线附近飞来。

“十点钟方向有发光物体！”

话说艾欧莱恩听得懂点钟方向吗？我喊完才捏了一把汗，好在他马上就回应了我：

“我也看见了！那是……心意诱导弹！会有点晃哦！”

与此同时，机龙也发出了高亢的引擎声——X'rphan像生物一样抖动着巨大的身躯，急速向右上方攀升。

我的身体被死死压在座椅上，发出嘎吱嘎吱的声音。还以为机龙在脱离卡尔迪纳的时候就达到了最大速度，但看来星王专用机的潜力远不止于此。我费力地在令人难以呼吸的超快加速中转过头去，透过座舱罩瞪向后方。

现在依然可以清楚地看到那些红光——不仅如此，还离得越来越近了。

“艾欧莱恩，摆脱不掉！”

“我想也是！离我们就剩五百梅尔的时候再叫我吧！”

——这就有点强人所难了吧……

我心想，意外的是，我竟然能在没有任何标志物的空中清楚把握我们和那些红光的距离。还有七百梅尔……六百梅尔……

“五百！”

话音刚落，机龙的引擎就再度发出咆哮，像在踹开空气似的以陡峭的角度翻了个跟头。我不禁担心乍看很纤细的X'rphan会因此分解，但我就要被压进座椅里的身体告诉我，这架机龙有着极强的刚性（注：材料或结构在受力时抵抗弹性变形的能力）。

于是我咬牙扛住重压，凝视头顶的暮色，并用余光捕捉到了红色的闪光——心意诱导弹大概有十二三发这么多，其中三成已经跟丢我们，飞向了完全不相干的方向，但剩下的七成像生物一样转了个弯，直冲我们而来。

“这……这些东西是有人在操纵吗?!”

即使身处险境，艾欧莱恩还是规规矩矩地回应了我的叫喊：

“不，那是会自动追踪目标的心意兵器！周围一定有发射它们的机车或者机龙……吧！”

说完他便让机体向右翻滚，又是一次锐角转向。又有几发诱导弹跟丢了目标，但还有五六发跟在我们身后。距离已经不足三百米了。我定睛看去，发现这些诱导弹的本体是一些灰色的金属筒——简直跟导弹一模一样，而它们发出的红光似乎来自镶嵌在顶部的镜头状部件。

诱导弹的长度约为一米，感觉比现实世界的空对空导弹要小很多，但要是让这种大小的物体贴身爆炸，X'rphan绝对不会毫发无伤。我紧盯着后方，告诉艾欧莱恩：

“喂，要是快被打中了，我就要用心意了！”

“没办法了，麻烦你把力度压到最小！”

反正我们的行踪都暴露了，也没这个必要了吧……我不由得这么想，但我不清楚对方是知道我们是整合机士团团长和前星王，还是把我们当成了身份不明的入侵者才发起攻击的，如果是后者，那我全力释放心意就相当于大声宣布我们的真实身份了。

X'rphan第三次翻身，让追赶我们的诱导弹减少至三发，但距离也仅余二百米不到，要是再度翻身导致减速就没法摆脱它们了。

用心意击退它们的方法有两个，一是在座舱罩外生成大量的热素发起攻击，二是仅展开防护罩。直接击落是可以出一口气，但万一它们爆炸了，我们可能也会被余波波及。

还是老老实实展开防护罩吧。抵御宇宙兽“深渊之恐惧”的

光弹时也是这么做的，我便在告知艾欧莱恩“我要防御了”之后用大约是当时十分之一的力量展开心意防护罩，将机体裹住。

半秒后，三发诱导弹接连撞了上来。

爆炸，又是爆炸——

黄色的闪光照亮了夕暮的天空，爆炸火焰沿着防护罩扩散成球状，对我的意识也造成了一定冲击，但这些诱导弹只有同时解放五六个热素那般大的威力，远不及宇宙兽的攻击强。

一共有三发诱导弹碰到防护罩，但只爆炸了两次。最后一发估计是在爆炸前就被打坏，或者是被吹飞到远处去了。为防万一，我继续展开防护罩，向艾欧莱恩汇报结果：

“诱导弹全部消灭……”

就在这时——

一种冰冷，或者说是湿滑的异样感觉掠过了我的意识。

好像有什么东西想钻进心意防护罩里面，不是要破坏我凭想象创造的坚硬护壁，而是在上面侵蚀出一个小孔，从那里涌进来……就像沾满黏液的寄生生物一样。

我迅速回头望向机体的右后方，爆炸的火焰基本都熄灭了，但暮空的角落处有个诡异的东西在蠕动。那是一个约一米长、约五厘米粗的黑色细长管状物体，不是金属做的兵器，而是毒蛇或蚯蚓那样的活物。

那无目无口的前端内部闪着红色的光，其他诱导弹的确是用灰色的金属制成的，似乎是那十几发里混进了一个疑似是活体兵器的东西。

黑蚯蚓已经把半个身子钻进心意防护罩里了，我朝它伸出左手，想要堵上凿穿防护罩的洞，却感觉无论施加多少压力，覆盖它体表的黏液都能将心意本身溶解。以前想都没想过还能做到这种事，但心意说白了就是用想象进行“事象操控”，艾欧莱恩还提到过“隐藏心意的心意”，万一还存在一种“侵犯心意的心意”，那我就是全力强化防护罩也不可能防得住这种活体兵器。

驾驶席上的艾欧莱恩好像也发现在虚空中蠕动的黑蚯蚓了，机舱里响起了他毫不掩饰厌恶的声音：

“那……那是什么？”

“别问我啊，话说……它马上就要进入防护罩了！”

“明白，你再坚持一下！”

艾欧莱恩说完便用左手抵住了座舱罩。

厚实的玻璃外面立即出现了十个闪着蓝光的冻素，他不仅省略了术式，还无视了“一根手指只能操纵一个素因”的神圣术原则，技术实在高超。

他左手一挥，冻素便拖着蓝光朝黑蚯蚓飞去，并于两者接触的那一瞬间接连在虚空中生成大量的冰。

短短几秒过后，黑蚯蚓钻进防护罩的前半部分就被巨大的冰块封住了。虽说艾欧莱恩是用心意操纵冻素的，但生成的冰是实体，“溶解心意的黏液”理应无法溶解实体的冰——事实亦是如此，黑蚯蚓的后半部分还在挣扎，前半部分却已完全静止。警报声仍在响个不停，估计得等蚯蚓死了才会停下。

“好……我现在就让X'rphan降落，你就这么维持住防护罩吧。”

我连连点头回应了艾欧莱恩的指示。

“知……知道了。”

心意被黑蚯蚓侵蚀的状态让我有些犯恶心，但现在必须忍着。保险起见，我专心想象，准备加厚蚯蚓周围的防护罩，可就像瞅准了这个时机似的——

那种湿滑的感觉再次从正下方来袭。

等我反应过来时，细长的软体已经贯穿了心意防护罩。

“艾欧莱恩！下面——”

我拼命喊道，然而我的喊声很快就被巨大的爆炸声淹没了。

▶8

亚丝娜忽然感觉到一股电流蹿过后颈，停下了脚步。

她回头也只能看到铺着红地毯的大楼梯，找不出一丝异样。她压下内心的小小躁动转回前面，正好和爱丽丝对上了目光。爱丽丝同样露出了奇异的神情，驻足不前。

“亚丝娜，刚刚……”

“爱丽丝也感觉到了？”

她们小声说完便再度环顾周围，塑造中央大圣堂的大理石墙壁将内外彻底隔了开来，只有涵盖数百年历史的静寂充斥着这个昏暗的楼梯间。

“亚丝娜小姐、爱丽丝小姐，发生什么事了吗？”

两人顺着声音看向上面，只见史蒂卡和罗兰涅伫立在下个楼梯平台上，正讶异地歪着脑袋。她们身后的艾莉和她怀里的纳兹似乎也没有发现任何异况。

“抱歉，没什么！”

亚丝娜答道，和爱丽丝一起迅速走上楼梯。

一行人在第九十层的大浴场目送桐人和艾欧莱恩的机龙离去，洗去风尘后，就到一旁的更衣室兼休息室换上薄薄的浴袍，一边享受冷饮和颜色各异的水果，一边热火朝天地聊了起来。

直到下午1点30分的钟声响起，众人才换回原来的衣服，走出大浴场，前往第九十四层的厨房。史蒂卡她们想用丰盛的菜肴欢迎桐人和艾欧莱恩归来，早早就商量起了要准备什么美食。

他们恐怕要到下午4点以后才会回来，所以她们还有很多时间准备料理。艾莉还说还是星王妃时的亚丝娜经常会在这个厨房开发新的料理，虽然没有当时的记忆有些令人遗憾，但好在所有的菜谱都记载得十分详细，要重现起来也不难。

问题是两位食客还有没有享用菜肴的余暇。亚丝娜等人到下午5点就要强制下线，如果桐人4点55分才回来，那他就得在五分钟内把难得的美味佳肴全部吃完了。

——你们至少要提前三十分钟回来啊。

这时前星王差不多该抵达阿多米纳星了，亚丝娜在心里对他说完便快步跑过最后几级楼梯。

19

西莉卡和伙伴们决定先在通往蜂巢圆顶的隧道前面搭建一个临时据点。

众人割草伐木，开辟了一块十米见方的空地，接着诗乃和克莱因用石工技能在上面搭建了地基，莉兹贝特则用木工技能建起了朴素的小屋，虽然这栋木屋遇上大型怪物就是不堪一击，但只要能坚持到他们攻陷蜂巢时就够了。

他们是为了储存大量素材，尤其是木材才特意建造据点的。考虑到这些巨蜂有数百只之多，联动范围相当广泛，将它们一一引出来打倒的传统方法很可能会失效。万一被大量巨蜂包围就很难逃出隧道了，诗乃便提议在区域内建造简易的防御设施——她称其为“掩体”，用来对抗蜂群。

ALO不允许玩家在野外筑起建筑物，但在Unital Ring，不论是在迷宫还是河里都可以进行建造，甚至只需几秒就能建好一面简单的墙。等熟悉操作了，还能一边建造掩体一边战斗。

问题在于木制的掩体能在巨蜂的攻击下坚持多久，这就只能靠试验得知了——反正他们至少还得花上一个小时才能凑够最低攻略人数。

擅长隐秘行动的弗里斯科尔主动接下了往拉斯纳里奥传令的任务，目前还不确定能信任他到什么程度，但就算他的目的是第一个抵达终点，现在背叛他们也毫无益处。

这时西莉卡正一面想着这些，一面给毕娜和米夏喂食。米夏吃完大量的夺肉，还有在割草时顺手采摘的蓝莓状树果之后就蜷在小屋旁边睡起了午觉，毕娜也躺在大熊身上睡着了。

莉兹贝特在西莉卡旁边看着宠物们熟睡的模样，露出了微笑。然而她的笑容很快就消失了，还呢喃道：

“等我们把Unital Ring通关，这个世界就会变回原来的ALO和GGO了吧？”

“欸……应该是这样吧。”

西莉卡迅速答完才明白莉兹贝特为何是一副若有所思的样子，假如有人到达这个世界的中心，让Unital Ring消亡，米夏和其他宠物们、巴钦族和帕特尔族也会跟着消失，今天才刚出生的耶鲁也不例外。

每个VRMMO玩家都很清楚虚拟世界有多么脆弱。The Seed游戏虽然压低了原始成本，但也更容易被运营者放弃，这一年半就起码有几十个游戏关服了，在那里面生活的NPC自然也会全部消失。

不过Unital Ring世界的NPC的AI水平比其他游戏强了好几个层次，似乎所有NPC都具备在ALO只有神族和巨人族才有的强大思考能力，宠物米夏和阿黑的行动也一点都不模式化，还能轻松听懂复杂的命令，估计是被赋予单独的AI了吧。

在这个方圆七百公里的Unital Ring世界生活的数千名居民要在一瞬之间灰飞烟灭……这事无可奈何，但也太残酷了。可是……

“就算我们不去攻略，最后也会有人通关呀……”

西莉卡直接说出自己的结论，莉兹贝特颔首道：

“目前还是只能朝着终点进发了啊。”

“嗯，一起努力攻略蜂巢吧。”

两人碰了碰拳就听到有人在空地边上喊她们，西莉卡用力挥了下手便朝诗乃和克莱因跑去。

四人在等待增援期间奋力收集起了素材。

要好好建造一栋木制建筑就必须用到铁钉和木板，但掩体只要能撑过战斗就好了，四人便一个劲儿地制造圆木和细绳，将其堆放在小屋的储物库里。

四十分钟过后，系统预设的小屋存放容量就基本满了。与此同时，西南方向传来了几道脚步声——四人警戒地望去，只见树林深处走出了不少人，人数远超他们的预料。

走在前面的是穿着蓑蛾般的长袍的弗里斯科尔，他身后有艾基尔、阿尔戈、莉法，还有原穆达希娜军的霍尔加、迪克斯及数名同伴，原*Insecsite*组的扎里恩、维明及另外数人，巴钦族和帕特尔族也各派了三四个人过来，总数达到了近二十人。

西莉卡放下戒备向他们跑去，省去寒暄直接对莉法说：

“真……真亏你们能拉这么多人来啊！虽说今天是周六，但现在还是白天……”

“这个嘛……”莉法看了在和艾基尔还有克莱因说话的弗里斯科尔一眼才继续道，“那人在拉斯纳里奥跑来跑去，不一会儿就把大家聚集起来了。好像还在我们不知不觉间练熟了巴钦语和帕特尔语……”

“真是的，这下我的生意都泡汤了。”阿尔戈皱着眉头说，但很快又笑了起来，“不过扎里恩他们是我联系的哦。”

“我们之中也就只有艾基尔先生、阿尔戈小姐和亚丝娜小姐会说流利的英语了嘛。”

莉法说得没错。桐人是在考虑去美国留学，但他的英语还远达不到母语水平；西莉卡在Under World异界战争期间完全无法和外国玩家交流，便以此为戒，努力学习了一段时间，但也要对方放慢语速才能听懂个大概，无法顺畅沟通。

难得原*Insecsite*组愿意加入，西莉卡决定克服自己对他们昆虫外表的恐惧，多和他们交流，便走向在稍远处和帕特尔族人说话的扎里恩等人。

但还没等她开口搭话，独角仙扎里恩就回过头来，用她勉强能听懂在说什么的语速说：

“Hi girl, these fluffs say they know the giant hornets we'll fight.（嗨，小妹妹，这些毛茸茸说他们见过我们要打的巨蜂。）”

“Are you sure?（你确定吗？）”

西莉卡努力回复完扎里恩便看向三个帕特尔族人。

领头的是帕特尔族的女首领切特。她戴着黄绿色的头巾，穿着一身做工精细的皮甲，还背着一把黑亮的干草叉，是一位敢凭仅有一米左右高的身躯正面挑战夺命者的勇士，此时的她却耷拉着耳朵和鼻子。

“西莉卡，你们真的要去挑战绿色巨蜂吗？”

由于西莉卡之前一直在努力学习帕特尔语，她完全能听懂切特的话。

“嗯，我们必须穿过那个蜂巢所在的地方才能继续在森林里面前进。”

听完西莉卡的回答，切特背后的两名帕特尔族战士——右边的好像叫奇诺基，左边的叫奇鲁夫——都抖起了鼻尖上的胡须。一大群巨蜂的确是个不小的威胁，但他们为什么会在亲眼见到之前就怕成这样？西莉卡困惑地眨了眨眼。

“我小时候听奶奶说，很久很久以前，就是可怕的绿色巨蜂将帕特尔族赶出了平原。”

说完开场白，她便讲起了帕特尔族的历史。

许久以前，帕特尔族在基约尔平原北部的岩山中建起了壮丽的城镇，他们种植玉米，养殖蜜蜂，过着和平的生活。

但是有一天，大地突然剧烈震动，导致岩山侧面坍塌，前所未见的绿色巨蜂随之成群出现，袭击了帕特尔族。蜂群将抵抗和逃跑的族人杀光，很快就占领了都城，幸存者逃往南边的平原，但接着又被凶猛的恐龙赶到了东边，最后只有数十人抵达了“盖尤巨壁”。

自那以后，帕特尔族便在巨壁内驻扎，在青蛙和蜥蜴这些天敌的威胁下艰苦求生，梦想着有朝一日能够移居到最东边的约定之地——

众人围坐在一起，认真地倾听着切特的讲述。等她说完，泪珠便从她圆圆的眼眸中滚落。

西莉卡很能理解她想痛哭的心情。好不容易才来到全族人朝思暮想的“杰鲁埃特里奥大森林”，曾经毁灭他们都城的巨蜂竟然就在附近筑起了巢穴，她会绝望也无可厚非，他们一族甚至可能会因此离开拉斯纳里奥……就在西莉卡为此担心时——

“那现在正是一个绝好的机会吧，切特。”

诗乃在一旁听完就冷静地说。切特眨了好几下眼睛，歪着脑袋问：

“什么机会？”

“讨伐祖先敌人的机会。虽说它们不一定就是毁灭你们都城的那群巨蜂，但肯定是同族。而且要是能掌握攻略方法，你们说不定就能夺回自己的都城了——蜂巢还在那里的话。”

“夺回都城……”

切特嘟囔着，慢慢竖起耷拉着的耳朵，黑色的眼睛恢复了神采，垂下的胡须也重新立起。

她依序与站在两旁的奇诺基和奇鲁夫对视，说出了令人意外的话：

“尽管我们的祖先被绿色巨蜂杀害了，他们也曾勇敢地战斗过，还在战斗中发现了敌人的弱点，传给了族长的子嗣及其子子孙孙。我是现任族长齐格努克的女儿，我知道那些巨蜂有什么弱点。”

习得帕特尔语技能的人给听不懂的同伴翻译了切特的话，各处很快就传出了赞叹声。

在原ALO组的起点——斯提斯遗迹不断找NPC对话，凭着碎片信息来到盖尤巨壁，再完成某个任务，获得帕特尔族的信任……原本恐怕要经历这样一连串流程才能得知巨蜂的攻略方法，但由于去接诗乃的桐人一行将帕特尔族带到了拉斯纳里奥，这些过程就统统被省略了。这或许会成为ALO组追上领先的天启之日组和飞鸟帝国组的好机会。

想到这里，西莉卡上前一步问道：

“它……它们的弱点是什么？”

“翠蝶花。”

这就是勇敢的老鼠战士的回答。

▶10

"这花有名字吗？"

我捡起一朵花茎从中间折断的花问道。艾欧莱恩无精打采地回答了我：

"或许有，但我不知道。"

"那大概是卡尔迪纳没有的品种吧。"

于是我呢喃着，观察起了如薄绢般纤细的黄色花瓣，然而这朵花很快就耗尽天命，化为光点从我手中消失了。

随后无数光点从我们脚边升起，虚无缥缈地融进了微凉的夜风里。这些都是被紧急降落的X'rphan十三型压碎的花和灌木和天命。淡黄色的花田被刻上了一道长达五十米的黑色滑行痕迹——这已经是我用心意力全力抑制的结果了——这或许触犯了某条法律，但我认为这个责任应该由向X'rphan发射导弹的人承担。

问题是那些导弹到底是哪里的什么人发射的……又是为什么要瞄准我们，但若有所思的机士团团长阁下正抱膝蹲坐在滑行痕迹的一头，呆呆地看着X'rphan的机身。看来传说中的星王专用机被毁对他造成了相当大的打击。

X'rphan十三型确实损毁得有些严重，从正下方飞来的神秘活体导弹撕裂了下面的装甲，里面的驱动装置的管线也断开或者裂开了——神奇的是，机身上没有烧焦的痕迹，封存永久热素和永久风素的密封罐也毫发无伤，但现在这些损伤也不是紧急修理能补救的。

我默默向上望去，我们是在阿多米纳星的白昼区域下降再飞往黑夜区域的，因此现在东边的天空正逐渐染上朝霞的颜色，而头顶上依然是一片夜空，中央则飘浮着一颗大得吓人的蓝色星球——卡尔迪纳星。

艾欧莱恩说两颗星球的距离大概是五十万公里，X'rphan只花了一个半小时就飞到这里了，换言之它的最快时速在三十万公里以上……粗略换算一下就是三百马赫，真是个惊人的数字。再考虑到卡尔迪纳星自转的惯性，这种加速能力的确是现实世界的飞机无法比拟的，印象中火箭脱离地球的时速也只有四万公里左右。

原本只能骑着飞龙飞行的Under World人竟然只用两百年时间就实现了如此飞跃的科技进步，真是令人叹为观止，但反过来说，X'rphan坏了，我和艾欧莱恩就失去了返回卡尔迪纳的途径。严格来讲还可以靠心意力飞行，不过也难以达到每小时三十万公里的速度。

“艾欧莱恩。”

听到我的呼唤，摘下头盔、戴着白色皮革面罩的机士团团长稍稍把头转了过来，我绕到他面前，把手放在他膝上，看着他的眼睛说：

“你还相信我是星王吗？”

闻言，艾欧莱恩眨了眨面罩后的眼睛，点头道：

“嗯……我相信。”

“那好，我以星王桐人之名宽恕你损坏X'rphan的行为。再说没能发现下面也有黑蚯蚓飞来是我的失误，你就别再垂头丧气的了，谈谈接下来的事情吧。”

他听完就有些瞠目结舌，旋即微微苦笑着说：

“我才没有在沮丧呢。”

“骗谁啊，你和被关进大圣堂地牢的时候一模一样……”我连忙闭上嘴，摇了摇头，“没什么，总之你快起来吧。”

我强忍住蹿过内心的痛楚，朝艾欧莱恩伸出了右手。他诧异地眯起了眼睛，但还是抓住了我的手。我将他拉起来，拍落粘在机士服背上的树叶，再次看向X'rphan。

“这个只能先放在这里了。说起来……击落我们的家伙为什么要攻击我们啊？”

紧急降落后，我最先戒备的是发射心意诱导弹的人的追击，但五分钟过去，空中和地上都是一片宁静。

而艾欧莱恩似乎也考虑过这个问题，立即回答说：

“那就要看发射诱导弹的是无人的自动警戒设备，还是想把我们拦在阿多米纳的人了。”

“自动警戒设备？还有这种东西吗？”

“陆地军已经在讨论实现的可能性了，但侦察装置的敌我识别问题好像一直没能解决，计划就暂时搁置了……”

“原来如此……”

现实世界的敌我识别装置运用的是电波信号，但Under World里没有电波这个概念，亚拉贝尔家和皇家别墅里的“传声器”的工作原理估计也和手机完全不一样。

“那就是说他们能制造一旦有机龙靠近就不分青红皂白地发射诱导弹的装置？”

“理论上是的……”艾欧莱恩轻轻点头回应了我的疑问，又立即面露难色地继续道，“但问题是在夹杂在诱导弹里的那个东西……用桐人的话来说就是黑蚯蚓，自动发射装置能搭载那种东西吗……”

“啊，说得也是……”

我点头同意，与艾欧莱恩一同看向X'rphan的后方。

那里躺着一块巨大的冰。虽然表面被尘土弄脏了，但由于它本来就十分通透，还是能清楚看见封在里面的东西。

我们一言不发地向冰块走去。

在极近距离看到的黑蚯蚓——活体导弹长得比想象中可怕多了。它有一米长、五厘米粗，外形像一根黑色的长管——这些和我在战斗中看到的一致，但从近处看，还能看到它表面有密密麻麻的六角形小鳞片，半透明的头部还像钻进蜗牛眼里的寄生虫一样，长着环形的花纹和黑色的斑点。追赶X'rphan时的红光已然消失，但这并不一定代表它已经死了。

“喂，艾欧莱恩。”

“什么事？”

“你家人都是怎么叫你的？”

“啊？”机士团团长把嘴巴张成奇怪的形状，无奈地说，“现在是问这个的时候吗？”

“要说麻烦事，称呼肯定是越短越好吧？你也可以随意叫我。”

这人真的是星王吗……艾欧莱恩带着明显充满了这种怀疑的叹息说：

“妈……母亲一般叫我艾欧或者艾欧尔。”

“这样啊，那我可以叫你艾欧吗？”

“随你。”

机士团团长演戏般地摆了摆右手，我清清嗓子，再次唤道：

“咳咳……喂，艾欧，你之前见过这种东西吗？”

“没有，不过……”艾欧莱恩犹疑地伸出右手，用指尖戳了戳自己制造的冰块，但很快就痛苦地缩了回去，“过去的文献里有能让人联想到这种黑蚯蚓的记载。”

“文献？”

“就是只有星界统一会议的评议员才能阅览的异界战争详细记

录。在‘东之大门’一战的结尾，暗黑界军的术师部队使用了禁术，将己方士兵的天命直接转换为空间力，创造了具备自动追踪功能的活体兵器。术式的名字……我记得是叫‘死诅虫’……”

“死诅虫……”

我刚复述完这个诡异的名词，两只手臂就微微起了鸡皮疙瘩。

在“大门之战”期间，我仍处于心神丧失状态，被罗妮耶和蒂洁保护着，但还是能隐约感觉到战场上发生了什么事。

冲进峡谷的人界军别动队遭到形如大群饥饿虫子的暗素属性术式的袭击，最终一名整合骑士将所有虫子引到自己身边，用生命保护了同伴。

战后我才知道，这名骑士便是在大圣堂的蔷薇迷宫与我交过手的艾尔多利耶·辛赛西斯·萨蒂万，曾是他师父的爱丽丝如今依然珍重地保管着他的神器“霜鳞鞭”。

照这么说，难道是当今有人在阿多米纳星发动了两百年前用在战争上的可怕术式?

艾欧莱恩仿佛察觉了我的疑惑，点头道：

“我也觉得这不可能。异界战争中使用的大规模攻击术在战后就全部废弃了，可是……实际咏唱过的术师当然会记得这些术式……也不排除他们偷偷制作了副本，留存在了某处。”

“确实……”

以“System call”开头的术式类似于一种原始的编程语言，只要能理解句子的意思，就可以轻松地背诵、记述和更改——只要肯花时间，一名高级术师完全能对“死诅虫”术式进行调整，创造出这种黑蚯蚓。

但现在没有时间仔细调查了。

“总之……我们要怎么处理这只蚯蚓？”

听到我的问题，艾欧莱恩沉吟了一会儿才答道：

“等冰化了，它可能会再次开始活动，但胡乱攻击害它爆炸又会很麻烦，桐人，你能不能用你的心意想想办法？”

“直接叫我就好啦。话说……我能用心意吗？”

“你在挡住诱导弹和紧急降落的时候都有用过，事到如今也没什么好在意的了吧。你能多少控制一下的话就更好了。”

“你说要控制，我也很难办啊……”

利用心意进行的事象操控越是偏离这个世界的常识，就需要越大规模的想象。即便是点燃某物这种简单的心意，点燃石头或铁也比点燃纸或木头要耗费更多的想象力。

如果倾注全力，或许还能将黑蚯蚓连周围的冰一起消灭，但艾欧莱恩特意让我控制一下，那就只能根据黑蚯蚓的属性来进行操作了。

“嗯……”

我沉吟着把右手放到冰块上，像3D扫描仪那样放出微弱的心意，试着碰了碰那条黑蚯蚓。先前还以为会被“侵蚀心意的黏液”阻拦，但它似乎与红光一同消失了。

在这个过程中，我最先感到的是“冷”。这不是我的感受，而是还活着的黑蚯蚓在寻求热量。恐怕是创造这只仿生物的人利用寒冷唤起它原始性的危机感，使它学会了自动追踪最近的热源——比如机龙的永久热素。

我继续进行扫描，发现黑蚯蚓腹中有四个暗素，兴许是一旦接近热素就会解放的机关吧。换句话说，撕裂X'rphan装甲的不是单纯的爆炸，而是一个不带热量的微型黑洞。

不先解决这个危险的暗素，就不好对黑蚯蚓本体动手了。

我想了一阵子，一边继续用右手进行心意扫描，一边朝旁边伸出了左手。

“艾欧，给我光素。”

“你就不能自己生成吗……”

艾欧莱恩嘟囔着，将右手食指伸向我的手掌，无须吟唱就生成了一个散发着淡白色光亮的光素。我接过光素，将手掌轻轻按在冰块上。

光素会被镜子反射，却能穿过透明的物体——艾欧莱恩利用冻素生成的冰块里面几乎没有任何杂质，因此光素十分顺利地穿了过去，随后我用心意在黑蚯蚓身上开了一个小洞，把光素注入其中。

黑蚯蚓体内随之闪过一丝紫光，然后消失。这是属性相反的光素和暗素相互抵消时产生的现象。

之后我又重复了三遍同样的操作，彻底消灭了它体内的暗素，这才长长地舒了一口气。这样就没有变成黑洞的危险了，不过它还活着，也还有追寻热量的冲动，要是将它从冰块里放出来，它肯定会潜入X'rphan损坏的引擎，即使不会爆炸，也可能会堵塞管道或者别的部件。

“嗯……”

我思索了一下，再次扫描黑蚯蚓的全身，注意到除了半透明的头部以外，它已除去暗素的躯体似乎也有着微弱的意识。看见它头上的条纹时，我还觉得它“像寄生虫一样”，但现在看来是有别的生物寄生在它的头上，不断地渴求着热量。这可能就是溶解心意防护罩的黏液的源头了。

接着我以双手的手指触碰冰块，用心意化成的手术刀切开黑蚯蚓的头部，小心翼翼地将随之外露的寄生物拔了出来。

“呜哇……桐人，你在做什么啊？”

艾欧莱恩不适地说，后退了一步。他终于自然地喊起了我的名字，但我现在实在没有时间做出回应。

椭圆形的寄生物将长在身后的细长针管插进了黑蚯蚓体内，为了不让它断开，我谨慎地将其拔了出来。

没过多久，我就拔出了所有针管，使其和黑蚯蚓彻底分离……然而冰里的寄生物下一刻就开始萎缩了，可见它无法独自生存，还不出几秒就失去了形体，化为一摊黄色的黏液。

“这下危险应该都解除了……”

我松了口气，但机士团团长还是不愿靠近。

“可是黑蚯蚓不是还活着吗？”

“是啊……就这么把它连冰块一起压碎就会死了吧。”

“嗯……我不太想看到那个场景……”

“我也不想这么做啊。”

我苦笑着放下右手，却再次感觉到了微弱的欲望。

去除寄生物后，黑蚯蚓的身体还在放出某种像是本能冲动的东西。它寻求的……果然还是热量吗？不对，它要的不是单纯的热源，而是一种更加抽象的温暖……

在察觉其真面目那一瞬间，我倒抽了一口凉气。

“桐人，你怎么了？”

艾欧莱恩低声说，我无力地回道：

“它还是个孩子……是个婴儿。”

“婴……婴儿？”

“就是说它才刚出生不久。制造它的人让还是婴儿的它吞下暗素，让其他生物寄生到它头上，把它变成了诱导弹。”

而艾欧莱恩似乎从我的语气中感觉到了什么，有些犹疑地小声问道：

“桐人……你是在同情这只生物吗？”

“不，没这回事……我只是不爽那个制造它的人。”

“这是一回事吧……”

我没有回应他的指摘，再次将双手按到冰块上。

黑蚯蚓是暗属性的人造生物，与普通生物不同，我无法用光素衍生的术式帮它回复天命，但直接让它碰到未经处理的暗素，它的体表又会因为暗素剜取物质的性质而受伤。

幸运的是，寒冰更接近于暗属性，而非光属性，因此我集中精神，将冰块中心的冰直接转换成了雾状的暗素。与将火焰转化为黑暗相比，这么做所需的心意强度应该会低很多。

“哇……无须咏唱就能用物质变换术，真不愧是传说中的……”

“这话就免啦。我这点变换术和最高祭司大人一比根本就不值一提。”

我答完才想到这是我第一次在艾欧莱恩面前提及公理教会的最高祭司阿多米尼斯多雷特，不过机士团团长只是轻轻地歪了歪脑袋，没说什么。

尔后我把目光和注意力移回冰块里面，看见黑蚯蚓如我所愿地用全身吸收了雾状的暗素，回复了天命。

帮它除去头上寄生物时切开的伤口很快就愈合了，还形成了新的器官——头部两边各长出了三个并排的红宝石状小球，大概是它的眼睛吧。虽然没有嘴巴，但看它身上的鳞片，比起蚯蚓，它其实更像是蛇——这应该就是它进行兵器化手术之前的形态了。

从黑蚯蚓变回原形的黑蛇在出现于冰块中心的空间里面兴奋地活动了起来，不断用头撞向各处，似乎是在寻找出口。

“你打算怎么做？”

艾欧莱恩轻声问，我便说出了我的看法：

“我觉得这家伙被放出来之后会回到自己出生的地方。”

“啊……原来如此。”

他面罩下的双眸随即闪过一抹锐利的光芒。

“只要跟着它就能找到制作者……就算找不到也能追查到制造设施的位置啊。真是个不错的计划，可是……”

“万一它飞得和诱导弹一样快要怎么办，对吧？”我提前道出他的想法，轻轻用右脚踩了踩地面，“只能拼命跑了。艾欧，你擅长马拉松……不，长跑吗？”

“不算完全不行，但也说不上喜欢。”

“我也是。那就把这家伙放出来……”

说到这里，我看了看东边的天空。

平缓山丘的另一头是一片暗红色的朝霞，等太阳出来了，黄色花田上的黑色滑行痕迹和银白色的X'rphan十三型一定很显眼吧。

我向滑行痕迹伸出左手，开始想象——

外露的土地中长出无数嫩芽，它们迅速长大，伸展绿叶，长出花苞，最终开出了艳丽的花。

确认滑行痕迹被遮住后，我又将左手伸向了损坏的X'rphan。这次我特地在种类丰富的花里面选出会爬藤的，并集中意识和它们同步，使其爬上X'rphan的机身。等机身从头到尾不留一丝缝隙地被盛开的花覆盖以后，巨大的机龙看上去就只像是一座小小的山丘了。

“就和《唤花的霍亚》一样啊。”

听到艾欧莱恩的评价，我眨了三下眼才回了一句“是啊”。我还是第一次听说这个故事，但要是细究下去，天就要彻底亮起来了吧。

不管怎么说，该藏的东西都藏好了。于是我再次看向冰块，发现封在里面的黑蛇还在四处乱动，还越来越有精神了。为防万一，我再次将意识集中到它身上，对它进行探查，却丝毫感觉不到它对我们怀有敌意。

“那我就破冰了。”

我宣告道，机士团团长默默地点了点头。我们还穿着皮革制的机士服，不过天气也只是微冷，不会让我们跑不起来，更让我担心的其实是挂在我腰上的夜空之剑和蓝蔷薇之剑的重量，但也不能把它们丢在这里。

万一撑不住就用心意作弊好了。我这么想着，拔出夜空之剑。

虽说不知道现在离星王最后一次用这把剑过去了多久，换算成Under World时间又是多少年，但漆黑的剑身上依然没有一点污渍——将这把曾经的爱剑插进大圣堂第八十层的解锁装置时，我还没来得及仔细观察——我再一次在心中对它说完“又要拜托你啦”才让剑尖与冰块顶尖相触。

“唔！”

只稍微用了点力，冰块就响起了清脆的破碎声。

裂成两块的巨大冰块就这样悄无声息地往两旁倒去，如镜子般光滑的断面反射着朝霞，散发出深红色的光芒。

在两块冰倒地的瞬间，被放出来的黑蛇也轻飘飘地浮到了空中。我完全不知道它是怎么飞起来的，不过看样子它的伤已经彻底痊愈了。

它用三双红眼俯视着我和艾欧莱恩，但很快就漠不关心地扭过头去，朝西边依然昏暗的天空飞去了。

“快追！”

我在将夜空之剑收回鞘中的同时喊道，蹬地跑了起来。艾欧莱恩也紧跟在我的身后。

幸好在空中蜿蜒前行的黑蛇飞得不快，比之前还是导弹的时候慢了很多，但我们还是要全力冲刺才能跟上。要是在现实世界，我肯定连一分钟都坚持不了吧。当然了，在Under World跑步也会对身体造成负荷，但耐力和物体控制权限的数值有着直接关联——艾欧莱恩的权限值好像是62，比昔日的整合骑士都要高，应该不会这么快就筋疲力尽，而我的权限值是129，是一个令人不想认真思考的数字。

“艾欧，累了可要说出来啊！”

我姑且这么提醒了艾欧莱恩一句，可他马上就好胜地答道：

“桐人你才是，累了就赶快说啊！”

那声音和语气都与我的亡友惊人地相似，瞬间打乱了我冲刺的脚步。

但我还是咬紧牙关，用力蹬地稳住姿势，抬头看向深蓝色的天空。

飞在十米前方的黑蛇就快融进黎明前的黑暗里了，一不小心就会跟丢。为了帮到正在卡尔迪纳等待与赛鲁卡再会的爱丽丝，我现在一定要全力做好自己该做的事。

我这样对自己说，略微加快了脚步。

▶11

“翠蝶花……”

诗乃小声呢喃着，确认自己的记忆中没有这个道具名。

她还没来得及向帕特尔族的切特问个清楚，一旁的西莉卡和莉兹贝特就同时大叫道：

“翠蝶花?!”

“欸……你们听说过？”

只见两人猛地连连点头，还明显地露出了恐惧和惊愕的神色。

“那是5级麻痹毒兼伤害毒的素材……”

西莉卡声音沙哑地说，诗乃不由得疑惑地歪了歪脑袋。

“ALO里有这种素材吗？”

“翠蝶花不是ALO的素材。”

莉兹贝特用力摇头，让众人一齐向她看去。她接下来的话却出乎所有人的意料——

“是SAO的。”

Sword Art Online世界已经消失将近两年，在那里绽放的剧毒之花为什么会出现在Unital Ring世界？诗乃她们暂时搁置了这个谜团，继续从切特那里打听详情——

击倒绿色巨蜂必不可少的翠蝶花生长于枯死的古树根部，然而干燥的基约尔平原本来就没有多少树，枯死的树也很快就会腐烂，导致帕特尔族的祖先们无法收集到多少翠蝶花，最终被巨蜂击败。不过杰鲁埃特里奥大森林里面有大量的树，枯树也不会轻易消失，众人在森林里行进时就看见了不少掉光叶子的枯死树木。

早知这样就提前收集翠蝶花了——众人忍不住想，但RPG就是没法未卜先知的，况且他们也不知道翠蝶花长什么样。切特也没有亲眼见过，只从父亲那里听说了这种花的特征。一行人本来只能根据她的口头描述寻找翠蝶花，好在原SAO玩家莉兹贝特、西莉卡、阿尔戈、克莱因和艾基尔都在艾恩葛朗特里见过实物。

于是所有人一同找起了枯朽的大树，玩过SAO的五人更是认真地巡视着周围。没过多久，艾基尔就说他找到了翠蝶花，并举起右手示意，众人便小心翼翼地靠近，看向斧战士所指的藏在枯树根部的小花。

四片花瓣呈美丽的紫蓝色，却看似很痛苦地扭作一团，令其显得略为诡异；叶子是泛紫的绿色，雄蕊和雌蕊则是一片漆黑。

“什么嘛，这花不是挺可爱的吗？完全看不出有剧毒啊。”

“一群吃杂草的人”的队长迪克斯感叹道。他在花前蹲下，朝它伸出右手，弄得身上的鳞甲沙沙作响。

“啊！”

西莉卡和艾基尔喊道，可惜已经来不及了——迪克斯摘下手套，抓住翠蝶花的根部，把它摘了下来。

“唔嘎啊啊！”

他随即发出怪叫，全身后仰，接着往左边倾倒，倒在地上。众人连忙将目光集中在他身上，随之出现的血条上亮起了一个黑底蓝花状的Debuff图标。他一动不动地僵在那里，HP则在慢慢减少，看来翠蝶花确实兼具麻痹毒和伤害毒的效果。

“喂喂，不要空手摘花啊。”

阿尔戈无奈地说，从腰包里取出一个小瓶，然后拔掉瓶塞，把瓶口一把塞到了迪克斯嘴里。这是习得了制药技能的亚丝娜和诗乃制作的解毒药水，不过材料都是在附近采摘的叶子和果实，两人的技能熟练度也不高，要是这瓶药水不起效，迪克斯的Unital Ring攻略可能就到此为止了。

幸好他的HP降低三成之后就停了下来——再过一会儿，Debuff图标也消失了。他晃晃悠悠地支起上半身，一边远离掉在眼前的翠蝶花，一边呻吟道：

“哎呀，真是小看它了……明明我有‘抗毒’和‘抵抗’能力，但真没想到只是摘花都会中毒啊。”

“我不是说了翠蝶花真的很厉害吗？要是你把它吞下肚，那你这会儿已经死了。”

莉兹贝特斥责过后，切特也感慨颇深地说：

“我还以为人族个个都很聪明呢。”

虽说掀起了一场无谓的风波，但这下所有人都亲眼看到翠蝶花了，随后便以三四人为一组开始了搜索。

下午3点，众人先集合一次，把花放进了克莱因从道具栏里拿出来的大土锅里面。二十几个人探索的范围相当大，采摘到的花却只填满了土锅的一半，但切特说有这么多就够了。

一行人在物资小屋前面放置灶台和桌子，往土锅里注水，等水盖过翠蝶花后再用文火烹煮。很快便有蒸汽升腾，在一旁守着的诗乃小声问切特：

“吸入这些蒸汽不会有事吧？”

“不会，但老爸说了，绝对不能舔煮出来的汤汁。”

“我才不会舔呢。”

诗乃苦笑着把脸凑过去，旋即嗅到了一股不应存在于人间的香气——虚拟世界也的确不是人间——香气直冲头顶，让她瞬间有些恍惚。

虽然她没有用过，但这种香甜、清爽、浓厚却又清冽的芳香还是让她联想到了价值几万日元的大牌香水。回过神来才发现，西莉卡、莉兹贝特和莉法她们都围在了灶台周围，奋力吸起了香气。

而诗乃也不落人后地尽情享受了一番才轻轻叹气道：

“原来如此……这确实会让人想舔一口啊。”

“就是啊，闻起来好香甜……”

西莉卡也重重地点了点头。

不知不觉间，土锅里的汤汁已染成和花瓣一样的紫蓝色，花则渐渐萎缩，最终彻底溶解。

把徒手采摘便足以致死的毒物放到一口锅里细煮慢炖，又会变成什么样的剧毒呢？假如这时有人端起这口锅泼向众人，肯定没有人能幸免于难吧……想到这里，诗乃打了一个寒战。

“既然我们能做出这种毒，那其他势力……比如穆达希娜她们也能做出来吧。”

伙伴们似乎也想到了同样的事，听见她悄声这么说便一起点了点头。一向积极乐观的克莱因也面露苦涩地说：

“SAO那些浑蛋PKer的下毒技能也让我吃了不少苦头，如果这东西的毒性真有5级那么强，那在这个阶段能做出来就是件很可怕的事了吧……”

“还是得赶紧开发出对应的解药啊。”

阿尔戈应道。切特却摇着她细长的尾巴，打断了众人的话。

“翠蝶花的毒虽然可怕，但也不用太担心。”

“这……这是什么意思？”

莉兹贝特正一头雾水，切特就在她旁边奋力扬起小小的身体说道：

“这个毒药的颜色和气味会在完成后的三十分钟内散去，到时它就只是普通的水了。”

“……”

众人不禁面面相觑。

假如毒效只能持续三十分钟，那确实很难在大规模PK中使用，但这也意味着一行人必须在三十分钟内开始……不，是结束蜂巢的攻略。

“切特，这个还要多久才能做好？”诗乃问。

帕特尔族的少女看了看锅里，郑重其事地答道：

“等花全部煮化之后就完成了，大概还要五分钟吧。”

“喂，那我们可不能再磨磨蹭蹭的了。”

克莱因、艾基尔和阿尔戈连忙跑向还在空地各处谈笑风生的攻略成员，把这个情况告诉他们。诗乃、西莉卡和莉兹贝特则把一个个小陶瓶放到桌上排好，准备分装毒液。

没有人能保证这个一上来就是实战的计划一定会成功，也很可能会像昨晚与穆达希娜的一战那样因某些突发事件而陷入绝境，但不论身处何种险境都不放弃思考，使尽浑身解数顽强地坚持下来才是VRMMO玩家的强大之处。诗乃是从目前不在这里的桐人身上学到这一点的，伙伴们肯定也是。即使浑身泥泞、狼狈不堪，只要活到了最后，那便是胜者——这不论是在GGO的Bullet of Bullets，还是在这个Unital Ring都应该是一样的。

——我们也会加油的。

诗乃抬头望向微阴的天空，在内心对身处另一个世界的桐人、亚丝娜和爱丽丝说道。

▶12

不论是在现实世界还是在虚拟世界，我都未曾这样拼命地奔跑过。

我一边如此确信，一边奋力追赶在天上飞的黑蛇。

幸好周围基本都是连绵的平缓山丘，一路上都没什么变化，我的高权限值也让基础体力得到了超乎想象的提升。在Under World奔跑同样会导致气喘和肌肉疲劳，但目前我和艾欧莱恩依然能维持一定的跑速——要是在现实世界以这个速度跑步，我一定早就累倒了。

现在想想，在两百年前的异界战争期间，人界军的别动队和暗黑界军的拳斗士队也用自己的双腿行进了几百公里，而我的权限值远高于他们，当然不能跑个几十公里就喊累。

于是我这样训斥着自己，全速跑了三十分钟。

就在这时，黑蛇终于开始下降了。我带着半是祈祷的心情呢喃道：

“终于到终点了？”

“希望如此吧……”

我循声看向右边，发现机士团团长阁下已经将连体的机士服解开到胸口处，额头上也冒出了几滴汗水。皮质的面罩看着就很闷热，我很想让他摘下来，但实在是不好开口。

不对，艾欧莱恩好像是因为“眼睛周围的皮肤经受不住索鲁斯的阳光”才戴面罩的，索鲁斯还差一点才会升过东边的山棱线，现在拿掉应该也没问题吧……我正这么想——

“啊，桐人，看那里！”

艾欧莱恩紧张地喊道，让我重新望向前方，继而发现我们正在攀爬的山丘的另一头有些什么东西。

一栋明显是人造的建筑物正悄然横亘于黎明前的黑暗尚未完全褪去的大盆地底部。它本身也就三层楼高，也不算很宽阔，但旁边就有一条看似有五百米长的道路……不对，是飞机跑道。也就是说，这里是……

“基地？”

“应该没错了……”

艾欧莱恩点了点头，抓住我的右肩往下压。我慌忙弓着腰爬上丘顶，趴到地上。

望向天空，只见黑蛇径直飞向那栋四四方方的建筑物，很快就融入阴影处消失不见了。这样就基本可以确定创造它的“某物”就在那里面了吧。

“桐人，你能看到跑道那头有什么吗？”

听到艾欧莱恩的低语，我转而看向左边，发现一个黑漆漆的东西正盘踞在跑道尽头处，乍看还以为是一条巨大的魔鬼鱼，但我很快就看出那是人造物—— 一架甚至比X'rphan十三型还要大的机龙了。

“这机翼真是大得出奇……”

我低声说，艾欧莱恩也颔首道：

“嗯，这好像是牺牲速度，加大了装载量的机体。那双巨大的主翼下面应该有大量的挂架吧。”

“照这么说，就是这家伙向我们发射了那一大堆诱导弹？”

“大概是吧。”机士团团长点头同意，接着低声说，“但这样就等于对方提前得知我们要来阿多米纳了。是情报泄露了，还是连我都没听说过的超强性能侦察装置正式投入使用了呢……”

我在军事和谍报方面完全是个门外汉，但也能听出这对艾欧莱恩来说都是大事，便不敢像平时一样随意回应。

“桐人，我必须调查一下那个基地。这想必会有一定的风险，我不会要求你也一起——”

“我肯定会和你一起去的。”我连忙插嘴道，并在艾欧莱恩出言反驳前像连珠炮似的继续说，“放你一个人去，万一你出了什么事，我要怎么和史蒂卡还有罗兰涅交代？那里可能还有我要找的东西呢。话说……如果能用心意，我觉得我们也不用特地潜入，可以直接将那栋楼拔出地面，将墙壁和天花板分解掉……”

不知是无奈还是钦佩所致——恐怕是前者吧——艾欧莱恩沉默了足足三秒才缓缓摇头：

“不，就算里面的家伙知道我们坠机了，也应该还不知道我们已经找到了这个基地。主谋也有可能不在这里，我们最好继续隐秘行动。”

“也对……那我接下来就听你的了。”

听到我的宣告，艾欧莱恩狐疑地瞥了我一眼，但还是很快就点头应道：

“好。说是这么说，我也只有一个要求。那就是你要好好拉着我的手，不要松开。”

“拉……拉手？我又不是会迷路的小孩子……”

“不是啦，我是要用‘空之心意’。”

“K……Kong？”

见我一时想不到是哪个字，歪起了脑袋，艾欧莱恩便用食指快速在我眼前写出了“空”这个汉字……不，是通用文字。

“空……什么意思？”

“就是我之前说的‘隐藏心意的心意’的进阶型，‘抹消存在的心意’。”

“抹消……存在……”

这回轮到我语塞了，我盯着白色的皮革面罩看了一会儿才小声问：

“意思是要想象自己消失？”

“不是。”艾欧莱恩用力摇了摇头，警告般地说，“人不可能用心意力让自己彻底消失……按理来说是这样。毕竟自我是心意的源头，这么做就相当于是在用清扫机的吸管把它自己吸进去。”

——哦？这个时代还有类似扫地机的机器啊。

我想完这些多余的事才点头回了一句“原来如此，说得也是”。可是艾欧莱恩的表情依然十分严肃。

“不过有你这种水平的心意力说不定还能颠覆这个原理，你可千万不要觉着好玩就尝试用心意抹消自己的存在啊。”

“我……我会铭记在心的。”我稍稍举起右手发誓，继续问道，“既然这样，那空之心意到底是什么？”

“简单来说，就是抹消他人认知中的自己……不，说抹消也有点不对……应该说是稀释或者融合吧。”

“稀释？融合？”

我听得一头雾水，旁边的艾欧莱恩趴着耸肩道：

“要详细说明得花上一个多小时，你只要拉着我的手就很难被卫兵发现了，现在我只希望你相信这一点。”

“明……明白了……我相信你。”

“好。那就拉着我的手。”

闻言，我紧紧握住了他伸出的左手。

紧接着，艾欧莱恩闭上面罩下的双眼，悠长地呼出了一口气。

一股奇怪的感觉随之向我袭来——视野中央出现了涟漪似的晃动，流向后方。自己与世界的边界变得模糊不清，带来一种肉体在轻飘飘地扩散开去般的飘浮感。

这种感觉很快就淡去了，但是没有完全消失。这的确是“稀释”——我自身的存在感变淡薄了。

我看向旁边，发现虽然很轻微，但拉着我右手的艾欧莱恩的轮廓确实在晃动。想到我俩好像都成了幽灵，我不禁握紧了右手，他也像在说“不要紧的”一样回握了我的手，看来只是外表变模糊了，但实体还在。

假如这种不可思议的现象源于利用想象力进行的事象操控，就能说明艾欧莱恩的心意力虽不及我强，但在技术方面远胜于我了。

——只会生成防护罩和让机龙浮起来可没什么好得意的啊。

我在心中提醒自己，开始和艾欧莱恩并肩走下山丘。

与第一印象相比，这个迷之基地的构造其实相当正式。

主体由钢筋和石材组合而成，看似十分坚固，墙壁也厚达一米，我刚才说了一番大话，但实际上根本没那么容易只用心意力将它拔起来。

建筑面积约五十米见方，高约十米。面向跑道的西墙上有一扇像是机库出入口的大门，人员出入口貌似在南边，我们前往的北边则有一扇后门。

闸门两边各站着一名身穿黑色制服的卫兵，他们两手抱着的武器既不是剑，也不是矛，而是步枪。构造虽与现实世界的步枪有所不同，但一旦被击中肯定也是非同小可。

然而艾欧莱恩没有因此停下脚步，仍径直向闸门走去。此时两名卫兵想必能清楚看见我们的身影了，却依旧一动不动。

走下山丘后，地面从花田变成了沙地，靴子踩在上面的声音十分刺耳，我忍不住缩起了脖子，但卫兵们还是毫无反应——如果艾欧莱恩的“空之心意”是隐身术，那应该无法掩盖脚步声才对。可见他刚才解释得没错，这就是一种还能影响他人认知能力的超高等技术。

这样我又有些担心艾欧莱恩能否长时间运用这种强力技能，但事到如今也只能相信他了。我配合着他的步调，沿最短路线走向基地的后门。

幸好后门是开着的，虽说卫兵们的感官受到了影响，我们就是把门打开也大概不会被发现，但我还是不想尝试。

地面又从沙地变成了石地砖。这时我已经能清楚看见卫兵没有表情的脸和黑亮的步枪了。

回头想想，我在修剑学院上学时，央都圣托利亚几乎没有这种站岗的卫兵——Under World人绝对不会违反规则，不会有人侵入规定“不可进入”的地方，自然也就不需要门卫了。这个原则在两百年后的今天也理应没有改变，那为什么这个基地和卡尔迪纳的中央大圣堂的守备会这么森严?

我很想向旁边的艾欧莱恩提问，可惜我事前忘记问他在发动“空之心意”期间能不能说话了。要是因为我扰乱了他的心意而被卫兵发现又会酿成大麻烦，我便先把疑问放到一边——虽说以往很多时候就这么忘了——专心往前走。

闸门建在从大楼凸出的匚字形矮墙前面，由于是后门，它只有三米左右宽，并排走着的我们得贴着卫兵走过去。我在SAO和ALO里面也经历过无数这样的情境，但这不是有既定情节的任务，两个卫兵说不定只是假装没有发现我们，就等着我们走到最近处再乱枪扫射。

保险起见，我做好随时展开心意防护罩的准备，走过了最后几米。戴着厚实头盔的卫兵的目光从我们身上扫过，我拉着艾欧莱恩的右手已经渗出了汗，而他的左手依然干燥如常，这冰凉的触感让我稍稍冷静了下来。

——尤吉欧的手也是这样的啊。

我一边想，一边从卫兵身旁走过，成功进到了矮墙里面。

基地大楼后门没有部署卫兵，我们便悄悄打开玻璃门走了进去，看见一条昏暗的走廊在笔直地向前延伸。大概是因为这是非正规设施吧，里面既没有卫兵值班室，也没有前台。

我们顺着走廊往里走，发现右边有一个楼梯间，有上行和下行两段楼梯，楼梯前面也是延伸的通道。我还没开始考虑该往何处去，艾欧莱恩就走进楼梯间，放开我的手，在墙边长长地舒了一口气。

视野顿时不再摇晃，那种不可思议的迷离感也随之消失——看来“空之心意”解除了。

我小声向不断做深呼吸的艾欧莱恩问道：

“艾欧，你没事吧？”

“嗯，我没事……过会儿就好了。”

机士团团长如此答道，但即便除去走廊的昏暗，也明显能看到他脸都青了。我摸了摸机士服的腰带，从三个固定圈中取下了一个金属小瓶。罗兰涅说这是高浓度的回复药，我打开瓶盖，把它递给艾欧莱恩。

印象中使用心意力带来的疲劳不会让天命值减少，却会让摇光——灵魂本身出现损耗，因此我也不知道回复药能起多大的作用，但艾欧莱恩还是老实接过，小声说了句“谢谢”。

见他将小瓶凑到嘴边一口气喝光，露出奇怪的神情，我忍不住问了一句：

“这个很难喝吗？”

“嗯……有点像是深度烘焙的咖啡洱茶泡上西拉鲁皮的味道……”

“原来如此……”

那大致上就是浓缩柠檬咖啡了吧。我边想边环顾楼梯间，这里没有指引牌，所以我完全不知道每一层分别有什么设施。

“那我们要从哪里开始调查？”

“你怎么看？”

艾欧莱恩反问道，我眨眨眼睛说：

“那肯定是去地下吧。”

“为什么？”

“这种可疑的实验一般都是在地下做的啊。”

我回答完才想起中央大圣堂的地下只有地牢，但那是阿多米尼斯多雷特陛下那独一无二、唯我独尊的精神所致，假如击坠X'rphan的是个通常意义上的恶棍，他应该会把这种该藏起来的设施建在地下吧。

对方看似姑且接受了我的解释，起身离开墙边说：

“那就先从地下开始调查吧。接下来没法再用‘空之心意’了，就拜托你看好后面喽。”

“明白。”

我们相互点头示意，开始悄无声息地走下通往地下的楼梯。

▶13

完成的“翠蝶花之毒”正好装了二十小瓶。

这是喝一口就能致命的剧毒，有这么多瓶估计能置百余名玩家于死地，不过绿色巨蜂的抗毒性似乎很强，况且也不会老老实实地喝下去。

西莉卡后知后觉地疑惑要怎么给昆虫下毒时，就听闻帕特尔族的祖先们是用一个意想不到的神奇方法来解决这个问题的——

据切特所说，这些巨蜂会袭击人类、亚人等大型动物的居所，然后拿被它们杀死的动物的尸骸做苗床，培育巨型的花，并以其花蜜为食，繁衍生息，最终成群飞离殖民地，前往新的地方筑巢。

她们发现的圆顶里面也长满了大王花一般的花，这就意味着这里也曾经是其他动物的居所，但它们被巨蜂全歼了，成了花的养分。

“也就是说，如果这个蜂巢继续扩大，其中一部分巨蜂就会为寻找新的巢穴而开始迁徙……”

听到西莉卡这么说，克莱因便摆出一副博学多闻的样子直接插话道：

“这种现象叫作‘分蜂’！”

“现在不需要这种杂学知识啦。”莉兹贝特立即吐槽，接着严肃地说，“要是真的发展到那一步，下个被袭击的说不定就是拉斯纳里奥了啊。这么一想，我们也不能慢慢吞吞了。毒的耐久值也有限，还是快点攻略吧。”

“是啊。大家准备好了吗？”担任此次强袭队队长的诗乃问道。

“好了！”众人一致回答。

在熬煮翠蝶花期间，其他的准备也完成了。共有二十四名玩家参与此次攻略，会分成六支三到五人不等的小队，每队会分配到三瓶毒药，剩余两瓶则给行动速度最快的阿尔戈和切特备用。

物资小屋里的圆木也被转移到了力量型玩家的道具栏里，众人分享手中的食物和饮料，各自补充了饥饿值（SP）和干渴值（TP），养精蓄锐，接下来就只剩祈祷帕特尔族代代相传的攻略法对巨蜂有用了。

下午3点30分，一行人再次穿过隧道，进入大树枝叶筑成的圆顶。弗里斯科尔说散布在入口附近的岩石和灌木背后不在巨蜂的反应圈内，众人便以这里为界，用圆木砌起一面墙来做桥头堡，再让六名擅长隐秘行动的斥候型玩家披着切特他们教做的吉利服潜入巨蜂的栖息圈。

他们的目标是往地上开着的几十朵大王花——正式名称是“加尔贾摩尔花”——装满花蜜的壶状花蕊注入翠蝶花之毒。据闻巨蜂会被其甜腻的香气骗过，吸食带毒的花蜜，从而陷入麻痹状态。

若能成功就能大幅削弱敌人的战力，但负责下毒的玩家自然也要承担相应的风险。吉利服并不能完美地隐去他们的踪迹，万一在圆顶内被巨蜂发现，就很可能会在撤退到桥头堡之前被它们杀死。

而自愿接下这一危险任务的，有出人意料地选择了“机敏”能力的迪克斯、虎甲虫型昆虫人（mix）茜茜、弗里斯科尔、阿尔戈、西莉卡，还有帕特尔族的切特。

其实众人也不愿让NPC陷入生命危险，切特却完全不听劝，一定要参与进来，而且她把寻找翠蝶花、萃取毒素和制作吉利服的方法教给了大家，他们也只能同意。

悄悄拜托诗乃看见切特他们有危险就用枪支援后，西莉卡跟在阿尔戈后面走出了桥头堡。

她在探索大森林期间已经升到17级，迄今为止一共获得了十六个能力值，先前她一直存着其中一半，刚才却全拿出来获取“机敏”能力树上的4级能力“隐身”了。这样她的隐匿能力应该得到了极大提升——然而VRMMO和旧时代的游戏不一样，常有在湿地上滑倒或是被石头绊倒之类的危险，她便一边提醒自己不要光顾着看上空而忽略了脚下的路况，一边谨慎前进。

圆顶呈放射状被分割成六块，若用表盘比喻，西莉卡负责的区域就位于九点钟方位。路线上有不少高大的草丛，她便看准附近没有巨蜂的时候在草丛间移动。

天然圆顶的直径约为五十米，从桥头堡到西莉卡负责的区域只有不到二十米的距离，她用九十秒抵达路线中间的大草丛，歇了口气，看向右边，发现自荐前往最远的两个区域的茜茜和阿尔戈动作很快，已经去到圆顶中心了。

她之前只听说过“虎甲虫”这个名字，但据说这一物种栖息于澳大利亚，是陆地上跑得最快的昆虫，而茜茜就如传闻那般以人眼不可及的速度活动着细腿，瞬间移动似的在草丛间前进，另一边的阿尔戈则像忍者一样行云流水地在地面上移动，仿佛是在滑行。

自己也不能输啊。西莉卡心想。

嗡嗡……她刚准备出去就听见头顶传来了不祥的振翅声，便立即停下脚步，努力让自己与草丛同化。快走开！她在心里默默祈祷，振翅声却一直在她头顶徘徊，迟迟没有离去。

要是她的隐蔽被看破，巨蜂早就向她袭来了。要确认情况就得抬头，但要是因此被巨蜂盯上又是得不偿失。

她让毕娜和米夏一起在桥头堡候命了，也没有装备会暴露在吉利服外的武器和防具，到底是什么引起了巨蜂的注意呢？她百思不得其解。

就在这时，她的左肩周围传来了窸窸窣窣的声音和感觉。

西莉卡保持着下蹲姿势，缓缓伸出右手摸索声音的源头。指尖很快就摸到了什么圆滚滚的东西，她便从自己肩上把它扒下来，拿到眼前——

她拼尽了全力才把就要破口而出的尖叫咽了回去。

一只身长十厘米的大虫子正在她的右手里慌乱地活动着节肢。说大也比天上盘旋的巨蜂小了很多，只不过这在现实世界里已经是怪物级别的大小了。像球一样圆滚滚的身体是半透明的，里面是满满当当的金色液体。它头部细长，嘴巴呈锐利的刺针形，应该是用来刺入植物内部吸食汁液的，说不定还会吸动物的血。

用手抓住它的行为看似被定义为攻击了，它的头顶浮现了写着“琥珀吸蜜螨”的光标——它似乎不是昆虫，而是螨虫，可惜西莉卡知道这事之后不仅没有放下心来，不适感反而还增强了三成，但如果巨蜂就是因为这种螨虫才在上空徘徊……

她只用手腕的力把螨虫甩向左边，吸满了花蜜，变得圆滚滚的螨虫随之猛地在地上翻滚起来。

绿色巨蜂立即带着更大的振翅声开始降落，然后用六条腿抱住螨虫，朝天空飞去——它的目标果然是吸蜜螨。假若没有及时发现，巨蜂就可能会降落至西莉卡所在的位置，那样隐蔽就要暴露了。

接着西莉卡再次仔细观察，只见草地各处都有同种类的螨虫在爬来爬去。这恐怕是针对在圆顶内部隐秘行动的玩家而设的陷阱，一旦没有发现聚集在身边的螨虫，就会被狩猎这些螨虫的巨蜂找到。

她想告知其余五人，却又不敢大声说话。发送玩家信息也不失为一个办法，但这样就无法通知切特了。

——不，伙伴们都是经验丰富的老手，切特也是一位智勇双全的战士，只要他们发现了琥珀吸蜜螨，就应该能察觉其危险性了。

她选择相信自己的伙伴，重新开始移动。她提防着天上的振翅声和地上的螨虫，终于跑完了最后的十米，来到指定区域。

区域内开着六朵加尔贾摩尔花，她手里有三瓶翠蝶花之毒，只要往每朵花里倒入半瓶就可以了，但因为不断有巨蜂降落到花上，吸食花蕊中的花蜜，她必须瞅准时机。

于是她潜伏在距离第一朵花三米远的草丛里，抬头看向耸立在圆顶中央的大树。

这棵树十分高大，像恶性肿瘤似的贴附在树干上的蜂巢同样大得可怕，有数之不尽的巨蜂从中出入，光是她能看到的就有不下百只了。这个世界只有在发起攻击或是被瞄准以后才会出现光标，所以她目前还不知道这些巨蜂的正式名称是什么。

早在他们来之前就在这里侦察的弗里斯科尔说过，这些巨蜂的觅食行为看似毫无规律，但一朵花一旦被其吸过花蜜，就得隔三十秒左右才会有下一只巨蜂前来吸食——也就是说，巨蜂刚从花上飞走的时候可以安全地往花里下毒。

从近处看，这种加尔贾摩尔花真的长得很让人犯恶心。

其中大一点的直径接近两米，厚实的花瓣呈鲜艳的紫红色，上面还长着密密麻麻的荧光绿色斑点，看久了就会觉得晃眼。

现实世界里的大王花没有花茎，是直接开在地上的，加尔贾摩尔花却有着长宽各五十厘米的花茎……或者说是花干，刚才看到的几只琥珀吸蜜螨就趴在上面，用尖锐的嘴巴刺穿了看似很硬的表皮。

看着看着，一只巨蜂落在了加尔贾摩尔花的厚实花瓣上。

它晃了晃触角便凑近凹陷成壶状的花蕊，把头埋了进去。带有金属光泽的腹部在一缩一放，逼真得一点都不像是3D模型。

大约十秒过后，它将头从花蕊里拔出来，用前肢清理了一下自己的大颚就张开褐色的翅膀飞走了。

——就是现在！

西莉卡冲出草丛，跑向加尔贾摩尔花，并拔掉右手毒瓶的瓶盖，奋力将手伸过花瓣，好不容易够到花蕊中心了，便小心翼翼地倾斜瓶子。

略带黏性的蓝色液体从瓶中缓缓流出，渗入花蕊。目测倒进一半之后，她赶忙收回了瓶子。

但或许是因为动作太匆忙了，有几滴毒液从瓶口处飞出，掠过她的右手滴在了花瓣上。

她打了个寒战，连忙用力将左手上的瓶塞摁进瓶口里。这时离刚才那只巨蜂飞走已过去将近二十秒，下一只最快还有十秒左右就要飞来了。

随后她再次弯腰远离加尔贾摩尔花，直到跑进提前找好的草丛以后才长长地舒了一口气。

会上她还以为下毒工作不会太难，但想象和现实果然是有差距的。万一刚才溅出的毒液滴到了她的右手上，她就得陷入麻痹状态，倒在花上了。

莉兹贝特制作的手套还附有铁甲，抗毒性是增强了，却也影响了手指的触感。这也是VRMMO的一大不便。要是伙伴之中有人学会了皮革加工技能，就让对方帮忙做一副桐人爱用的那种半指手套好了。西莉卡一边想，一边跑向下一朵花。

给第二、第三、第四朵花下完毒后，她手中只剩下了一瓶毒液。

现在离行动开始……不，是离他们结束翠蝶花毒素的萃取工作已经过去十五分钟，她必须在毒效消失之前让尽可能多的巨蜂吸食带毒的花蜜，没时间磨蹭了。

她在煎熬中等到巨蜂从第五朵花上起飞，便连忙冲出了躲藏地点。就在这一瞬间——

“吱吱！”

背后传来了高亢的惨叫声。

西莉卡下意识地回头望去，正好看见约十五米开外的地方有一个巨大的身影在腾空而起。

起初她还以为那是一只巨蜂，但她很快就意识到自己错了——两只巨蜂在合力搬运某样东西，有点像是一株毛茸茸的植物……

不对。

那是身穿吉利服的切特。

巨蜂抓着她的头和后背，她却完全没有挣扎，手脚和尾巴都无力地垂了下来，看似失去了意识。光标显示她还剩八成多的HP，但血条右侧亮起了一个将毒刺图案化形成的Debuff图标。恐怕是被蜂刺扎到，陷入麻痹状态了。

六人中身形最小、最擅长隐蔽的切特为何会被巨蜂发现呢……现在不是想这些的时候，得快去救她才行。

因而西莉卡将右手里的小瓶放到地上，将手探进吉利服，抽出了装备在左腰上的“上等的钢制短剑”。可惜巨蜂已飞离地面六七米，哪怕是用跳跃系剑技也很难打中。

“诗乃小姐！”

她尽力压低声音，看向圆顶南边的桥头堡。

诗乃单膝跪在桥头堡的开口处，架起了滑膛枪。一秒、两秒过去，枪口却一直没有喷出火焰。

快开枪啊！西莉卡差点忍不住喊道，这才明白了诗乃迟迟不开枪的理由——两只巨蜂贴在麻痹的切特身上，诗乃这样的名枪手也很难在这种情况下精准击中它们，但再这样下去，切特就要被带到高空的蜂巢里去了。

——要是桐人哥或者亚丝娜小姐在就好了。

想到这里，西莉卡猛地咬紧了牙。

他们此刻也在Under World奋战，她不能条件反射似的依赖他们，必须用自己的头脑来思考。

虽然切特被两只巨蜂发现并遭到了攻击，但在圆顶里飞舞的其他巨蜂并没有与此联动。这两只巨蜂或许是把小个子的帕特尔族当成了猎物，而不是外敌，所以才没有杀死切特，只是让她麻痹了。

那就算她被带进巢里了，应该也不会立即遇害吧。虽说西莉卡不愿意这么想，但切特估计还要再过一段时间才会被吃掉，只要在那之前把所有巨蜂消灭就能把她救出来了。

西莉卡不忍心再去看头顶上被带走的伙伴——朋友，便扭过头去，跑向剩余的加尔贾摩尔花，快速往里面注入翠蝶花之毒，并丢开空空如也的瓶子。就在她准备回桥头堡时，稍远处突然传来了坠落声——被麻痹的巨蜂掉到地上了。

由于强袭队成员切特遭到了攻击，巨蜂头顶出现了光标，上面显示的固有名称为Gilnaris Worker Hornet。西莉卡没有见过开头的单词，但后面两个单词应该是工蜂的意思吧。血条右边有一个黑底蓝花的图标，翠蝶花之毒如传闻那般起了作用，麻痹了本身带有麻痹毒的巨蜂。

一只……又是一只，巨蜂不断坠落，只要蜂群中有一半的巨蜂失去了战斗能力，二十四人……除去切特是二十三人，这样的中等规模攻略队伍或许也能看到胜利的希望。

可能是察觉到同伴的异样了，空中那些还没有吸食毒蜜的巨蜂纷纷开始警戒，上下翻飞。一旦开战，这个圆顶肯定会瞬间化作修罗地狱的吧。

之后就没时间思前想后了。她要像桐人和亚丝娜以往做的那样，更要以自己的行事风格掌握更多情况，持续用最快的速度做出最正确的判断。

阿尔戈、茜茜、弗里斯科尔、迪克斯几乎和她同时回到了桥头堡里。

她立刻将右眼凑到窥视孔上，恰好看到切特被搬进了蜂巢里。

——我一定会救你的。

西莉卡在心中说道，强袭队队长诗乃随即凛然下令：

“开始战斗！建筑队、护卫队，前进！”

▶14

迷之基地一片沉寂，不禁让人怀疑门口的卫兵是不是用来摆设的人偶。

照亮下行楼梯的灯光十分微弱，我们转过了三四个平台都还没到达下一层，我边走边努力竖起耳朵也只能听到我和艾欧莱恩的脚步声。

来到大概是地下三层的深处，我突然产生了一个疑问，便小声问道：

“我说，这地下会是人力开挖的吗？”

闻言，艾欧莱恩半是责备，半是无奈地瞥了我一眼，说：

“这是必须马上回答的问题吗？”

“倒……倒也不是……”

“算了。这种规模的地下工程基本都是用‘暗素挖掘工法’开挖的。”

“暗……暗素？”

我歪着脑袋疑惑了一会儿才恍然大悟——

暗素一旦解放就会将周围物质一并卷入，使其消灭。地下深处的岩层优先度很高，不好用暗素挖掘，但土壤的优先度比较低，所以只要在地表生成大量暗素并逐一解放就能挖洞，既不需要铲子和挖掘机，也不用操心该怎么处理残土。

“原来如此……但这不是很危险吗？得是相当高级的术师才能精准控制暗素吧？”

“没错。人们能安全使用这种工法，是在能够承受暗素多重解放的‘光素渗透钢板’术式诞生之后……”

艾欧莱恩突然停止说明，迅速指向前方。

在下行楼梯拐过无数个角以后，我们终于看到了一扇半掩的门。看似好不容易才抵达了下一层，但我体感这已经是地下五层的深度了。

即便能用什么暗素挖掘工法，这也无疑是一个大工程。到底是什么东西必须建在这么深的地底？

我和艾欧莱恩相互点头示意，蹑手蹑脚地走下了剩余的楼梯。来到门前依然听不到任何声音，我没能在门上找到钥匙孔，便握住下拉式的门把手，把门拉开了五厘米左右。

从门缝看去，眼前是一条长长的走廊，地板和墙壁都是金属制的，近处有些昏暗，远处却有光源，正散发着朦胧的光。

可视范围内没有人影，我便把门打得更开，潜入走廊。我腰上挂着夜空之剑和蓝蔷薇之剑，但就算我整个人踩上去，脚边的地板也没有一丝弯曲，可见这些铁板相当厚实。

我们和之前一样，艾欧莱恩在前，我在后，一边保持警戒，一边小心翼翼地前进，很快就看到了光源的真身——右前方的墙上装着一扇玻璃窗，里面漏出了蓝白色的光。

走廊尽头同样有一扇门，可是看旁边的操作面板，这扇门并不通向楼梯，而是本身就是电梯门——估计那才是正式的移动路径，而我们刚才走的是逃生通道。走廊完全是一条直路，万一有人从电梯里出来，我们也会无所遁形，到时就只能再让艾欧莱恩使用“空之心意”了，但他的脸色还没有彻底恢复过来，之前他还说自己不能晒太阳，说不定是身体本来就比较虚弱。

这就和看似瘦弱，实则健壮的尤吉欧不一样了啊……我看着机士团团长的后背想道。

接着我们在微微飘散出铁腥味的走廊里小心前进，来到右侧墙上的玻璃窗旁边。窗下是约一米高的铁墙，我们便蹲在那里，悄悄并肩抬头——

一幅意想不到的景象让我险些叫出声来。

玻璃窗后是一个横长的小房间，正前方的墙上同样有一扇玻璃窗，那后面则是一个体育馆大小的空间—— 一样令人难以置信的东西就盘踞在宽敞房间的中央。

那东西有着散发出暗哑光芒的漆黑鳞片、蜷缩起来的颀长躯体、梢细的尾巴和尖尖的楔形脑袋。

那是一条蛇，一条大得出奇的蛇。它的身体粗得两个人都抱不起来，乍看有点难以想象它有多长，但肯定不会少于二十米——单论体长都可能比整合骑士们骑的飞龙要长了。

“神兽……”

一旁的艾欧莱恩惶恐地说。

神兽指的是在很久以前栖息于人界各地的巨大生物——用游戏术语来说就是命名怪物（Named Monster），不过它们大多都被整合骑士奉最高祭司阿多米尼斯多雷特之命讨伐了，成了强力武器——神器的素材。就我亲眼所见，艾尔多利耶的“霜鳞鞭”和迪索尔巴德的“炽焰弓”都是用神兽做成的神器。

“这……这个时代还有神兽？”

我不由得问道，统御当代整合机士团的青年微微颔首：

“肯定有啊。只不过所有神兽都受到星界法严格保护，人们甚至被禁止进入它们的领地了，可他们竟然敢将神兽关在这样的地下深处，真是不畏神明的野蛮行径……”

艾欧莱恩口中的“神明”应该是创世神史提西亚吧，想起史提西亚的真身——亚丝娜的和煦笑容，我不禁有些不自在，便应了一句“这样啊”，继续观察周围。

大房间地上铺着很多红绿两色的导管，有两根塞进了大蛇嘴里，还有的以木桩粗细的针直接与它的身体相连。恐怕它不是单纯地睡着了，而是从导管流入体内的药剂让它陷入了昏睡。

迄今我在众多游戏世界里杀死过无数怪物，或许没有资格为它的遭遇感到愤慨，可我还是忍不住握紧了拳头。

这时艾欧莱恩碰了碰我的右肩，指着大蛇的头说：

“那里……是不是有什么东西在动？”

“什么……”

我眯起双眼，凝视大蛇无力地瘫在地上的头部。

他说得没错，好像是有什么东西正在大蛇脑袋投下的阴影处活动。虽说隔着两块厚厚的玻璃看得不是很清楚，但在大蛇鼻尖上动来动去的难道是……

“艾欧，那是不是我们刚才追的黑蛇？”

“啊，好像还真是……可它是怎么来到这种地下深处的？”

机士团团长的疑问很有道理。我将左脸贴在玻璃上往上看，发现和地板还有墙壁一样是金属做的天花板角落处有一个装着换气扇的开口。

“如果那是换气口，那应该会接到屋顶吧。”

我小声说，艾欧莱恩也把脸贴在玻璃上，点了点头。

“的确。照这么说，那条黑蛇就是在这里出生的了……不，说不定……”

艾欧莱恩说到这里就沉默了，但我知道他接下来想说什么。

这只被迫陷入昏睡的巨大神兽说不定是黑蛇的生母。这座设施的管理者通过某种方式让被捕的神兽生下了孩子，然后往这个小孩……不，婴儿的头上植入寄生物，让它吞下暗素，将它变成了活体导弹。

既然是神兽的孩子，那就算是刚出生的也可能会有相当高的天命值，有特殊的飞行能力也不足为奇，还不用费力气培育，想必会是优秀的武器素材，可这都不是违不违反星界法的问题了，真不敢相信这是人能做出来的事。

大概是想唤醒母亲吧，还是婴儿的黑蛇不停地用尖尖的鼻子拱着大蛇的嘴角，可大蛇依然一动不动。

定睛望去，可以看见大蛇头部侧面有三个被深灰色薄膜封闭着的眼窝，薄膜底下的眼睛肯定和孩子一样是红宝石色的，但不设法让药剂不再灌进它嘴里，它就无法苏醒过来了。

“艾欧……我们该怎么办？”

我问道。机士团团长没有立刻作答，五秒过后才心有不甘地低声说：

“很遗憾，目前我们没有办法马上把神兽母子救出来。现在我们知道基地在哪了，还是先回卡尔迪纳向星界统一会议报告，再正式派出监察团……”

话说到一半，玻璃另一头就传来了轻微的金属声。

我们连忙把目光移回大房间里面，只见左侧墙上的厚重大门缓缓打开，两个人影从中走了出来。他们穿的衣服类似于现实世界里的化学防护服，将全身遮得严严实实的，看上去十分臃肿。

两人径直朝神兽走去，前面那人的右手上好像还拿着一根长长的金属棒。

此时他们还没有发现在母亲嘴角处跳来跳去的小蛇，我忍不住在心里让它快逃，但它自然是听不到的。

前面那人将金属棒伸向小蛇，附在前端的钳子状器具忽然伸长，紧紧夹住了小蛇的身体。

小蛇像烧着了似的挣扎起来，却无法从铁钳中逃脱。等金属棒变回原来的长度，两人便将小蛇高高举起，开始交头接耳。

我拼命竖起耳朵去听，但对方身在二十米开外的远处，中间还隔着两块玻璃，我完全听不见他们在说什么，便朝艾欧莱恩使了个眼色，和他一起弯着腰在走廊上前进，打开窗户旁边的门，潜入兴许是用来观察神兽的小房间。

墙上那个像是扩音器的盒子隐约传出了两人的说话声——估计都是男的。

“……根本不可能擅自产卵。上次注射促进剂是八天前的事，它腹中的卵至少还要两周才能发育成最低限度的大小。”

“那这个幼体是从哪里来的？难不成是我们采卵的时候把它看漏了？”

“从我们采卵的步骤来看，这不大可能……无论如何，先抓紧应对吧。要再对这个幼体进行诱导弹化处理吗？”

“不，这个大小超出了能处理的范围，现在让虫子寄生也没法完全控制它的大脑，只能将它处分了。”

依动作看，说这话的应该是手中没拿金属棒的男人。接着他打开装在防护服腰带上的盒子，从里面取出了一个大型注射器。

“好好按住它。”

他向拿着金属棒的搭档说完就取下了注射器的针帽。或许是察觉到危险了，小蛇开始更加激烈地挣扎，可钳子紧紧地夹住了它的脑袋，它根本无法逃脱。

男人手中的注射器慢慢往小蛇靠近。

就在锐利的针尖即将抵上它喉咙的那一瞬间——

注射器的针随着一道刺耳的声音从根折断，零点一秒过后，注射器本身也化作齑粉了。

“唔噢?!”

“发……发生什么事了?!”

两个穿着防护服的男人震惊地后退，我和艾欧莱恩也同时发出了惊呼。

我们赶忙躲到窗下，默默对视。是我用心意粉碎了注射器，但把针折断的人不是我——在这种情况下，也只能是这位机士团团长干的了。

什么嘛，真亏你之前还说什么“你是在同情这只生物吗”……遗憾的是，我现在没空去调侃他了——吵闹的警报声忽然响遍了整个小房间……不，恐怕是整个基地。

我下意识地看向大厅，发现那两个穿着防护服的男人扔下注射器的残骸和带钳子的金属棒，跑回左侧的门里面去了。解脱的小蛇钻进了昏睡的大蛇的脑袋底下，暂时保住了性命，我们却无暇为此感到庆幸。

“糟了……刚才的心意被探测到了。”

艾欧莱恩呢喃道，我慌忙问：

“怎么办？要跑吗？”

“不……我们只是在一瞬之间用了下心意，他们应该无法准确把握我们的位置。与其慌忙移动，还是躲在这个房间里安全一点。”

“可……可是这里也……”

说到一半，走廊里就传来了一阵高压空气的喷射声。我快速爬到面向走廊的窗边，往里面看去，就看见电梯操作面板上的楼层指示器动了起来。

我赶紧回到原位，继续说：

“卫兵好像要来了……”

“别担心，我会再用一次‘空之心意’。”

他说完就一把拉过我的左臂，把我拽了过去。

这样就变成我把头靠在机士团团长阁下的右肩上了，我不禁有些惊慌，但他死死按着我的后背，我也动弹不得。

与此同时，那种不可思议的感觉再次袭来——肉体逐渐虚化，像雾一样四处扩散，被艾欧莱恩按住的触感也变得模糊，自己的界限亦逐渐朦胧……

突然，一股刺骨的寒意贯穿了我渐渐淡化的知觉。

不，这不是单纯的寒冷。非要说的话，这是席卷和吞噬一切光与热的暗黑火焰——

身后响起了开门声。

我微微转头，想要在像涟漪般晃动的视野中找到这股寒意的源头，正好看见一双黑色皮靴踩在打磨得人影可鉴的钢铁地板上，在响个不停的警报中发出了冰冷的声音。

▶15

“掩体B，耐久值还剩百分之四十！”

霍尔加在诗乃眼前挥舞着单手剑喊道。

两人左手边有一栋以两根支柱抬起大梁，用两排圆木支撑左右两边，再用绳子将它们简单地捆扎在一起的简朴小屋——据说户外运动术语称其为“A形框架掩体”——只在后方设置了一个毫无遮掩的出入口，没有门、窗户和地板，虽然只用了最简单的素材来建造，但耐久值还是蛮高的。

但透过一直显示在墙壁上方的属性窗口，可以看到小屋的耐久值已经从最大值4000下降到了1600左右。趴在墙上的几只巨蜂——正式名称Gilnaris Worker Hornet正用它们尖锐的大颚啃食圆木，破坏小屋。

“我马上就去修理，你们再努力一下！”右边的迪克斯叫道。

“麻烦你快点！”霍尔加大声回应，趁势全力向斜上方挥起单手剑，将急速降落的巨蜂打了回去。

巨蜂被打得转着圈飞上了天，但很快就在空中张开翅膀和下肢，稳住了身子。

与此同时，诗乃用滑膛枪瞄准它六条腿的根部，扣动了扳机。

砰！子弹随清脆的炸裂声贯穿了昆虫型怪物共通的弱点——胸口中央，巨蜂的HP瞬间归零，在空中停顿了一下就化作无数的蓝色粒子，四散而去。

“打得好！”

迪克斯修好设置在战场右侧的掩体B就跑了回来，在诗乃身后喊道。他无视趴在掩体A墙上的近十只巨蜂，点击出入口旁的圆木，毫不犹豫地在列于弹出窗口下方的“信息”“交易”“修复”“分解”四个按钮里面选中“修复”，一个三十秒的倒计时窗口随之出现。

若迪克斯在倒计时结束前离开原位或受重伤，修复便会失败，但霍尔加一直巧妙地防住了巨蜂的进攻。不久，倒计时数到了零，整个小屋亮起淡淡的光，耐久值重新回到了最大值4000。

由于墙上还有近十只巨蜂，数值恢复后马上又开始下降了，但众人依然没有搭理正在啃食圆木的巨蜂——这栋小屋不仅是供受伤伙伴喝回复药水的避难所，也是一个用来吸引巨蜂，使它们无法参战的陷阱。

万一掩体因此被破坏就是得不偿失，不过负责修复的迪克斯和茜茜目前还能保住三个掩体，剩下就看事先准备用来修复建筑的圆木和细绳能否撑到战斗结束了。

诗乃一边想着这些，一边完成了滑膛枪的装填。

子弹相当充足，但火药只剩下四十来个，而巨蜂的数量依然不见减少。

“装填OK！”

听到诗乃这么喊，负责护卫的霍尔加便用拿剑的右手向她竖了一个大拇指。

二人前方有负责主攻的艾基尔及克莱因、莉法等原ALO组成员，还有原*Insecsite*组的扎里恩等人和巴钦族的战士们，他们站成一排，筑起战线，正与从空中来袭的巨蜂展开激战。

艾基尔和克莱因的战斗表现十分稳定，独角仙人扎里恩和锹甲虫人维明则用黑亮的甲壳挡住了巨蜂的毒刺。这样一看，一身轻装的巴钦族战士们就让人有些……十分不安，但他们好像不是第一次和蜂型怪物战斗了，刚轻松躲过毒刺攻击就能快速反击，善战得让人觉得他们作为AI的水平和GGO那些NPC佣兵根本不是一个级别的。

战斗已经开始五分多钟了，仍没有一个负责攻击的伙伴陷入麻痹状态，但可能是巨蜂急速降落后展开的撕咬和冲撞攻击比较难躲，在视野左侧可以看到前卫们的HP正不断下降。

“友新，撤下来回复！”

诗乃喊道。迪克斯的长枪手伙伴立即瞅准时机脱离战线，向最近的掩体C跑去。

替他上阵的是从掩体B走出来的蠡斯人尼迪，他用黑色的复眼看了看诗乃，说：

“I'm in.（我回来了。）”

“OK, to the left.（收到，去左边吧。）”

接到诗乃的指示后，尼迪默默地点了点头，一蹦一跳地走向友新空出的位置。诗乃看着他的背影，为他一下就能理解自己的意思而暗暗松了口气。

虽不及亚丝娜和桐人，但诗乃对自己的英语水平还是挺有自信的，可在学校的考试里取得好成绩并不代表能与母语者流畅沟通，要是她一开始去的是GGO的北美服务器，现在她的英语应该能说得更流利一些吧……不过这样她就不会在BoB上认识桐人，也不会和亚丝娜成为朋友，更不会在这里和巨蜂战斗了。

拉着诗乃去玩GGO的“镜子”新川恭二在三个月前被送去了一个叫医疗少年院——准确来说是叫少年矫正医疗教育中心的地方。听说他虽然只是死枪事件的从犯，但由于事件导致四人遇害，他相当长一段时间都要在里面度过。

之前诗乃去探望过一次，但没有见到恭二。她觉得只要事情发展有一点……有那么一点不一样，他说不定就不会和那起事件扯上关系，可是现在说什么都晚了。

一切事件的中心都是*Sword Art Online*——起码这一点是毋庸置疑的。死枪事件、Alicization计划，还有这次的Unital Ring事件，究其根源都能追溯到SAO事件。

这起Unital Ring事件会是终幕吗？还是说这也只是其中一环？

要想知道答案，就得活着抵达这个世界的中心——“极光所指之地”。如果弗里斯科尔说得没错，整块大陆是多层结构，就得先攻略这个蜂巢区域才能爬到上一层。

必须集中精神。

于是诗乃甩开一闪而过的思绪，架起了滑膛枪。

圆顶中央有一棵大树，绿色巨蜂正不断从树上的蜂巢中涌现，但因为开战前已有半数以上的巨蜂被翠蝶花之毒麻痹，所以只有大约十人的前卫部队还是勉强挡住了它们的进攻。往下一看就能看到地上躺着数不胜数的巨蜂，它们的翅膀和触角都在抖个不停。

这一切都得多亏西莉卡、阿尔戈和切特她们完美地完成了危险的任务，也正因为如此，一行人必须把被巨蜂抓走的切特救出来。目前她的HP余量还维持在八成左右，但巨蜂随时都有可能会把她喂给幼虫。

只要巢里不再涌出新的，他们就能腾出手来处理地上那些被麻痹的巨蜂，营救切特，但万一它们在众人清理完从巢中涌现的巨蜂之前就恢复过来，那就只能撤退了。

就在诗乃急得咬牙切齿的时候，一个活泼的声音传进了她的耳里。

“久等了！”

回复了HP的莉兹贝特从右边的掩体A里冲了出来。

“到中央去！克莱因，后退！”

“哦！”

弯刀手迅速响应诗乃的指示，脱离了战线。接着霍尔加以跳跃斩击迎击了追来的巨蜂。

它好像本来就没剩多少HP，不等诗乃开枪就灰飞烟灭了。克莱因见状就没有走进掩体，直接在出入口处喝起了药水。

“喂，诗乃诗乃，目前感觉还挺顺利的嘛！”

“再这么叫我就一把火把你烧了，我应该这么说过了吧。”

被诗乃指着，克莱因贼笑了一下，旋即敛起笑容，瞥了正在啃食掩体的巨蜂一眼，然后确认自己的血条，抬头看向前方二十米处的蜂巢。他果然也很担心切特。

蜂巢肯定也设有耐久值，真到危急时刻也可以直接用黑卡蒂Ⅱ将其破坏，但现在诗乃手中只剩五颗暂时还无法补充的12.7mm子弹，这么做还可能会误射巢中的切特。

Gilnaris Worker Hornet的确是强敌，但前往世界中心的旅途上肯定还有许多试炼在等着他们，若没有从正面一一突破这些难关的力量，就没法追上来自《飞鸟帝国》《天启之日》等其他众多游戏的强者了。

——没事的，我们一定能赢。

诗乃一面这样对自己说，一面继续努力指挥和开枪。

又过了几分钟，她手里的火药用剩不到三十个时，终于不再有巨蜂从巢里涌出来了。

“增援结束！等处理完还在飞的巨蜂，就去清理掩体上的还有地上那些麻痹的吧！”

她立即喊道，负责攻击的伙伴们也士气高昂地回应了她。

战斗至此持续了将近十分钟，他们却一次都没有被巨蜂的毒刺扎到，让人不得不备感佩服。毒刺攻击的前置动作非常简单易懂，射程也短，用盾牌抵挡或后退闪避就能轻松破解，但若没有强大的意志力，他们也不可能未经练习就在如此大规模的战斗中持续做到这些事。

从这种意义上来说，桐人组最大的优势或许就是一行人至今为止经历过种种事件和试炼的经验了。当然，这几天他们多了很多新伙伴，以后估计还会越来越多，每跨越一次难关，整个团队的凝聚力应该也会变得更强。

而到最后的最后，要经受考验的大概就是这份牵绊了吧。

诗乃边想边给滑膛枪装好子弹，抽出枪通条，但就在她抬头的那一瞬间，她感觉到一股零度以下的寒意蹿过了她的脊背。

原以为蜂巢援兵已尽，却有什么东西正从最高处的洞穴现身。

那个巢穴宽阔到能毫无阻滞地把麻痹的切特搬进去，而从里面将其撑开，探出头来的巨蜂有弯曲的复眼和三只单眼，长着可怕的巨大下颚，脑袋比之前打倒的那些巨蜂的头大了足足四五倍。

继头之后出现的是黑亮的胸部和六条腿，接着是胀鼓鼓的腹部，最后则是长剑般的毒刺，从树叶缝隙间倾泻的阳光使其放出了寒光。

这只慢慢从蜂巢表面爬下来的超级巨蜂体长超过二十米，头部和腹部呈绿宝石般的鲜艳绿色，收起的翅膀则泛着橙色。在它头上浮现的光标有三段血条，上面显示的固有名称是“Gilnaris Queen Hornet”。

“蜂后总算出现了啊……”

克莱因在诗乃身后低声说道。

毕竟要连巢一起应付这一大群巨蜂，众人早已料到了这种情形，但被蜂后破坏的巢穴深处似乎还有其他蠢蠢欲动的身影。

随后现身的是四只比蜂后略小，却有着细长体型和发达下颚的巨蜂，名字叫作“Gilnaris Soldier Hornet”。

蜂后和兵蜂同时从蜂巢中起飞。

五只巨蜂发出远比工蜂低沉和厚重的振翅声，结队在圆顶半空中盘旋，以螺旋状的轨迹缓缓下降。

诗乃快速扫视周围，确认情况。

空中的工蜂已基本扫荡干净，而地上还有近百只被翠蝶花之毒麻痹的工蜂，看它们的动作，麻痹可能再过一两分钟就会开始解除——万一被蜂后和护卫，还有这么大量的工蜂包围就全完了。

既然如此，己方也是时候使出撒手锏了。于是诗乃转头喊道：

“西莉卡，该你出场了！”

“是！”

她很快就得到了回应，一大一小两个黑影随即从圆顶最南边的隧道里冲了出来。小的那个自然是将褐色发丝扎成双马尾的短剑手，大的那个则是一只有着黑褐色皮毛的四脚兽。

根据诗乃的指示，西莉卡和她的宠物——棘针洞穴熊米夏没有参与之前的战斗，而是一直在安全的隧道内待机。这是众人为应对战斗中出现头目怪物的状况及其压力而温存的强力预备军，但这就是唯一的王牌了。他们接下来要打的是一场绝不能有一丝误判的、彻头彻尾的总力战。

“西莉卡和米夏去吸引蜂后，确认一下它的战斗力！艾基尔和克莱因、扎里恩和维明、莉兹和莉法、迪克斯和霍尔加，你们两人一组，各打一只护卫！其他人继续扫除工蜂！”

“好！”

诗乃以最快的语速下达指示，众人立即纷纷响应。

米夏载着西莉卡猛地从右边冲过，掀起一阵地鸣声。回复完HP的克莱因也不甘落后地开始了冲锋。

她眼前的霍尔加同样向前迈出一步，但很快又回过头来说：

“诗乃诗乃，你装填的时候不需要护卫吗？”

“没事，真有危险的话，我会用激光枪的。”

见诗乃拍了拍左腰上的参宿五SL2，霍尔加苦笑着点了点头。

“知道了，那你多加小心！”

闻言，诗乃亦以点头回应，单手剑士这才追着克莱因而去。

——等战斗结束，我得好好叮嘱这帮男的别再叫我“诗乃诗乃”了。

在下定决心的同时，诗乃用装填完毕的滑膛枪瞄准了正在降落的蜂后。

▶16

喀，喀……喀。

那人穿着磨得锃亮的黑色皮靴斜穿过小房间，停在了关着神兽的大房间的观察窗面前，紧接着又有两个人从同一扇门走了进来，在最先进来的人身后立正站好。吵闹的警报声也像看准这个时机似的停了下来。

此时蹲在窗户下面的我和艾欧莱恩离入侵者们只有不到三米，就算知道艾欧莱恩用“空之心意”让我们变成透明人了，我还是忍不住屏住了呼吸。

我甚至不敢活动脑袋，但也不能一直低着头，只好努力不发出声音，小心翼翼地转头看向入侵者——准确来说我们才是入侵者就是了——由于心意纱幕的副作用，周围所有东西的轮廓都像烟雾一样摇摆不定，但因为近在眼前，还是勉强可以看清细节。

和地面闸门的卫兵一样，后面那两个看似是护卫的人也穿着一身暗灰色的制服，不过他们没有带那把外形粗犷的步枪，而是在左腰上佩着细剑，还戴着宽檐帽子，遮住了眼睛，但仍能看出都是二三十岁的男人。

相反，我一时看不出在他们前面眺望那个大房间的人是男是女、是老是少。

那人穿着衣摆长及膝盖的暗灰色大衣，绣着三条细线的袖章和带穗的肩章则呈冰冷的银色。他没有戴帽子，但脸被高高的衣领和很鬈的黑发挡着，我只能看见他挺翘的鼻子，个子看上去要比我和艾欧莱恩稍微高一点。

三人制服的颜色和整合机士团的深蓝色、圣托利亚卫士厅的灰色、中央大圣堂警备队的白色都不大一样。

之前艾欧莱恩说过阿多米纳也有军队司令部，这三人穿的也可能就是Under World宇宙军阿多米纳驻留部队的制服，但如果真是这样，那迫使大蛇型神兽分娩，用它的孩子进行残酷的活体实验，以及用诱导弹击落X'rphan十三型的就是阿多米纳军了。

早知道就在通过基地闸门的时候顺便问问艾欧莱恩那些卫兵穿的是哪里的制服了，可惜现在后悔也为时已晚。机士团团长正用右手紧紧抱着我，喘着粗气，情况实在不允许我发问。

用“空之心意”通过闸门后，艾欧莱恩疲惫得脸都青了，结果没过多久就被迫再次使用，所以他的精神力应该每时每刻都在减弱才对。我很想抱着他离开这个小房间，但开门实在没法掩饰过去，我也只能祈祷三人赶紧离开了。

然而……

“确定是这一层的心意计检测出了高强度的异常心意吧？”

穿着大衣的人看着大厅说道。

中性的声音略显低哑，依然听不出是男是女。后面的一名卫兵略为紧张地答道：

“是的，阁下。虽然一层和楼顶的心意计也有反应，但数值最高的是地下。”

接着另一名卫兵也说：

“还有研究员报告出现了原因不明的现象。”

“原因不明？”

“说是正要在隔离室里药杀神兽幼体时，注射器突然碎了。他们认为是神兽使用了心意，不愿意从分析室里出来。”

“嗯……”

“阁下”在衣领里低下头，像是陷入了深思，又突然收起右脚，转而面向我们。

黑色鬈发猛地翻飞，露出了之前隐藏的面容。

在感应到对方气场的那一刻，我联想到的是剧烈燃烧的暗黑火焰，那人却有着一副与这种印象不符的冷艳美貌：修长的睫毛装点着一双凤眼，薄薄的嘴唇呈鲜艳的红色——眼睛则呈闪着银光的淡蓝色。

那双冰色眼眸看过来的瞬间，我和艾欧莱恩都僵住了。

好在对方的视线只是从我们身上掠过，落在了通道那边的玻璃窗上。

“‘阿乌斯’真的击落敌方机龙了吗？”

我刚想松口气，“阁下”接下来的话又让我提心吊胆了起来。

这下就可以确定朝X'rphan十三型发射诱导弹的是他们了，还顺便得知了那架黑色大机龙的名字，但不知有什么含义。

问题是他们发射诱导弹的时候知不知道驾驶X'rphan的是整合机士团团长兼星界统一会议评议员艾欧莱恩・赫伦兹——

“是，已通过目视确认现场发生了暗素属性爆炸，有黑烟升起。为防万一，我们朝预计坠落地点派出了搜索队，但目前还没有接获发现其踪迹的报告。”

一名卫兵答道。“阁下”再次看向大房间……应该是隔离室说：

“那乘员可能在坠落前就已经逃脱了。”

“可是……即使乘员幸存，他们也绝不可能发现本基地，更遑论入侵了。”

“嗯……”

“阁下”点了点头，但又用教导般的语气对护卫们说：

“不过心意力就是能将这种不可能化为可能，盲信心意计和抗心意装备可是要吃大亏的。”

“是……阁下的意思是，已经有人侵入基地了？”

“谁知道呢？”

在黑发丽人歪了歪脑袋的那一刹那，我感觉到一股让我脊背发冷的寒意，便反射性地拉过艾欧莱恩的右手，以不会发出声响的最快速度趴到了地面上。

再下一秒，“阁下”就把右手伸进大衣内侧，拔出左腰的军刀往我们这边砍了过来。

此刻我离刀锋足有两米以上，但还是能清楚感应到一道无形的斩击堪堪擦过了我的鼻尖。紧挨在我右边的金属墙随即迸出火花，极细的刀痕一路划到了后方。这一刀是如此凌厉，令我忍不住为自己没有下意识地展开心意防护罩感到惊奇。

我们之所以能勉强躲过，是因为那是横砍——万一对方要竖着往我和艾欧莱恩趴着的地方砍一刀就真的躲不过了。

在像蒸腾热气般摇摆不定的视野中央，丽人缓缓收回右手，将军刀收入鞘中，发出清脆的声响。

“阁……阁下，发生什么事了?!”

卫兵发出惊呼，那人微微抬手制止了他们。

“没什么。司金、多姆伊，你们回一层加强正门和后门的警备吧。保险起见，我去隔离室调查一下。”

“那我们也……”

“不用。快去！”

“是！”

听到“阁下”厉声下令，两名卫兵立刻像弹起似的挺直了腰杆，应答完后就跑出了小房间。

目送他们离开之后，“阁下”走向左墙那扇据说是通往什么分析室的门，将手伸向门上的拉手，然后停住。

见对方想要再次转头看来，我感觉到就连注视也有危险，便强行把目光移开，不去看他的侧脸。这么做似乎还是有点效果的，那边很快就传来了沉重的滑动声。

接着是清脆的脚步声。门再次关上，发出上锁的金属声，细微的脚步声也渐渐远去，最终消失。

遮蔽视野的蒸腾热气随即消失得无影无踪——艾欧莱恩解除了“空之心意”。

我松了一口气，轻轻拍了拍靠在我身上的机士团团长的后背，小声对他说：

“辛苦了，帮大忙啦。我们赶紧趁机离开这个基地吧……”

就在这时，艾欧莱恩再也撑不住了，从我的胸前摔到了地上。

▶17

蜂后——Gilnaris Queen Hornet的第一个动作超出了西莉卡的预想，不是撞击，不是撕咬，也不是毒刺攻击。

只见悬停在离地约五米高处的蜂后张开裁纸机般的巨颚，从中放出了诡异的声音。

那是一种令人极度不适的，像是无数粗糙金属片在相互摩擦的高频噪声，声压强得一点都不像是透过AmuSphere直接送入大脑的虚拟声响。西莉卡觉得自己的耳膜都要被震碎了，便赶忙捂住了耳朵，她右肩上的毕娜也发出了细细的哀鸣。虽然这种攻击只会折磨人的感官，不会带来系统上的Debuff，但她从未遇到过威力如此强大的感官攻击。

周围的伙伴们也纷纷做出了同样的动作。身为VRMMO骨灰级玩家的西莉卡都没经历过这种痛苦，霍尔加他们更是被打了个措手不及。明明外观上没有耳朵，昆虫人扎里恩和维明却也捂住了双颊，但众人并没有余暇为此感到新奇——

嗡嗡！四只兵蜂扇着翅膀发起了突击，虽是简单的冲撞，但和人一般大、被坚硬甲壳包裹着的物体高速冲来的威力还是比双手锤的一记重击要强。

“唔噢！”

“呀！”

随着几声高低不一的惨叫，除西莉卡和米夏以外的八名攻击手都被重重撞飞了。

视野左侧的八个血条急速缩短，其中掉血最多的是等级较高，却把点数全部用在加强攻击力上，从而导致防御力较低的莉法。

“莉法小姐！”

见莉法倒地，西莉卡下意识地想跑过去帮忙，但即使头顶有眩晕特效在打转，莉法还是坚强地喊了一句：

“我……我没事！你优先自己的任务吧！”

“……”

西莉卡咬紧牙关，重新看向前方。

蜂后即将从音波攻击后的硬直状态中恢复过来，估计再过一两秒就要再次发起攻击了。万一是带毒或者物理性质的范围攻击，前卫战线就有崩溃的危险。

她的任务是吸引蜂后的注意——准确来说是让蜂后瞄准米夏，然而只要蜂后还停留在五米以上的半空，米夏就是站起身来也没法用牙和爪子打到它。

只剩下一个选项了。这是无法连发的大招，但如果因为舍不得拿出来用而令形势急转直下，那就是愚不可及。

“米夏，‘棘针’！”

接到西莉卡的指示后，米夏用后脚站了起来，大大张开前脚。

而蜂后在空中缩起身子，让可怕的长长毒刺发出了红光。

西莉卡的直觉告诉她，这是附有毒属性的大范围物理攻击，但米夏的动作比这快了仅仅一瞬——

“嗷嗷嗷嗷！”

它发出凶猛的咆哮，胸前的闪电纹样随即迸射出无数银光。这个招式出自它的名字“棘针洞穴熊”，是一种将体毛变成钢针发射出去的特殊攻击。

消灭修兹队、击败穆达希娜的钢针风暴直接命中了蜂后和回到它左右两边的四只兵蜂。

“嗞嗞！”

蜂后和护卫发出尖厉的惨叫，被打到了十米开外。被最多钢针击中的蜂后的第一段血条缩短了近八成，护卫们的HP也减半了。

“西莉卡，你没事吧?!”

听到诗乃从后面呼唤自己，西莉卡便举起右手回应：

“我没事！”

“明白！阿尔戈你们继续扫荡！”

“行！”

诗乃喊道。圆顶后方很快就传来了应答声。阿尔戈和弗里斯科尔、尼迪等人，还有巴钦族和帕特尔族正在处理麻痹的工蜂，虽说瞄准脑袋、胸口等要害只需一两击就能将其消灭，但数量实在是太多了，扫荡小队最快也还要五分钟才能加入头目战的行列。

“谢谢你，西莉卡！”

“What a relief!（真让人捏把汗！）”

最先从眩晕状态中恢复过来的艾基尔和扎里恩并肩站好，其他前卫血条上亮着的眩晕图标也开始闪烁了。

但被米夏的大招打中后摇摇欲坠的蜂后和护卫们也重整了旗鼓，再次逼近。

兵蜂反复发起物理攻击，蜂后则从武器攻击不到的高处施展几种特殊攻击，这大概就是它们的基本战术了。要是兵蜂被全歼，蜂后或许会降落，但在那之前，众人必然还要承受不止一次的范围攻击。

现在只有诗乃的滑膛枪能击中蜂后了。只要西莉卡说自己顶不住蜂后的攻势，她一定会施以援手，可是她是强袭队的队长，还要担起指挥全队二十三人战斗的工作。

西莉卡和米夏就是为了对付头目才一直在隧道里候命的，肯定不能只被大招打中一次就轻言放弃。

她一边注视蜂后降落，一边拼命思考。

如果换作桐人，这种时候他会怎么做?

被卷入Unital Ring事件后，他也用不同凡响的奇思妙想和行动力克服了众多难关。像是从屋顶推下大量圆木压扁怪物、把用来指定建筑位置的虚拟图像当幌子用、将散发着强烈恶臭的魔法“腐弹”射进自己嘴里，以此盖过窒息感……西莉卡的想象力远不及他丰富，但她应该还有能做到的事。

目前西莉卡的剑尖离蜂后至少还有三米，让莉兹贝特用木工技能建造望楼也不失为一个办法，可是Unital Ring怪物的AI十分高级，很可能会在建造期间转移到她攻击不到的地方去。能筑起可移动望楼的话或许还能应对，但再怎么说生产菜单里都不会有这种东西吧……

想到这里，她脑中突然闪现了一个极其简单的办法，使她瞬间有些失神。不过她很快就甩开了迷惘，迅速动身。

米夏依然在她右边怒视着蜂后，她抓住它的侧腹，用力跳上它毛茸茸的后背，一爬到那宽阔的肩上就立刻下令：

“米夏，站起来！”

“嗷！”

随着一声短促的低吼，大熊猛地站了起来，载着西莉卡的肩膀像电梯一样不断升高，立足处的倾斜度也不一样了，但身为轻装战士，她自然不会因为这点小事就掉下来。

而米夏的体型比现实世界里的棕熊还要大，它直立以后肩高超过了三米，虽说西莉卡的虚拟角色在一众伙伴之中是继结衣之后最娇小的，但此时她的剑技已经足以碰到停留在离地五米高处的蜂后了。

蜂后似乎也发现了变化，不再继续前进，而在原地悬停，四只护卫则从略低一点的高度继续靠近。看来它们的目标已经因为刚才的钢针攻击转移到了米夏身上，不过……

“你们的对手是我！”

克莱因大喊着从后面跑来，然后高高跳起，砍向那几只护卫。此时他的武器并不是日式的武士刀，而是中东式的弯刀。没白要求莉兹贝特“尽量做长一些”，刀锋勉强够到了兵蜂们的腹部。

随后莉法、迪克斯、霍尔加也纷纷跳起，砍向其他兵蜂。四只兵蜂的目标再度转移，翻飞着攻向前卫们。

后方的蜂后再次大大地张开了巨颚——这是音波攻击的前置动作。

“米夏，前进！”

见米夏依指示朝蜂后发起了冲锋，西莉卡便瞅准时机纵身一跃，在空中使出了单发突进技“急咬”。

她从ALO继承的是短剑技能，但熟练度降低到了100，因此会有很长一段时间都用不了四五连击的高级剑技，只不过单发剑技也可以打断特殊攻击——希望是吧。

——给我停下来！

西莉卡默念道，将短剑的剑尖刺进蜂后的嘴角。

一行人不久前才挖到了铁矿石，本来是无法打造钢铁武器的，而西莉卡这把“上等的钢制短剑”是桐人熔化他在ALO的爱剑“布拉克维尔德”后得到的钢锭所制——换言之，这把短剑原本是桐人的。

素材的出处当然不会对武器的数值造成影响，人的情感却能在这种生死一线的战斗中左右胜利的天平。西莉卡这气势汹汹的一剑击穿了蜂后的防御，不仅打断了即将发动的音波攻击，还猛地击退了那副比她大了足足一倍的巨大身躯。

“嗞咻！”

“哔！”

听着蜂后的怒吼声，西莉卡在空中翻了个筋斗，落到米夏的肩膀上，早前起飞的毕娜也回到她头上，骄傲地叫了一声。

“西莉卡，干得漂亮！”

莉兹贝特在地面称赞道，西莉卡也大声回答：

“都是多亏有莉兹小姐打造的这把短剑！”

——也要感谢桐人哥的钢锭。

她悄悄在心中默念，再次看向蜂后。

“急咬”似乎打出了暴击，蜂后的第一段血条已经空了，还剩两段。它的攻击模式大概会在某个节点发生变化，她必须保留余力应对这些变化，阻止它发动任何范围攻击。

蜂后回到原位，再次开始了进攻。那哑光的复眼明明没有眼皮和眼珠，但还是明显地呈现出了它的愤怒。

“嗞！”

它发出刺耳的恐吓声，而西莉卡毫不畏惧地瞪了回去。

四只兵蜂与八位伙伴激战的声响不绝于耳，只要能在他们消灭兵蜂之前持续扰乱蜂后的行动，这场战斗就胜券在握了。

——等我，切特。我马上就去救你。

西莉卡重新握紧手中的短剑，朝远处的蜂巢默念道。

此时蜂后忽然微微张开那剪刀似的巨颚，歪了歪里面锋利的口器——就像在嘲笑一样。

接着它开始攀升，六米、七米……站在米夏肩上的西莉卡已经碰不到它了。

难道它还能从那样的高度攻击到地面？如果这就是蜂后的绝

招，那西莉卡无论如何都要加以制止。要投掷短剑吗？不行，先不说投掷剑技，她不觉得单纯的投掷能打断大招。

悬停于约八米高处的蜂后转入之前从未见过的预备动作，证实了她的忧虑。

它将自己的庞大身躯蜷缩至极限，收起六条腿，伸直长长的触角，让尖端亮起了蓝白色的光。

光芒旋即开始流向触角——要是让那簇光流到触角根部，一定会发生什么很糟糕的事情吧。

“诗乃小姐！”她压下让自己全身僵住的战栗喊道，“击落它！”

砰！恐怕身为队长的诗乃也察觉到了危险，西莉卡话音刚落，身后就响起了枪击声。

蜂后的左触角被击落了一半。

能用命中精度较低的滑膛枪命中纤细的触角，她的枪法依旧那么厉害，但还是晚了一些——光在触角被击落的零点一秒前通过截断处，到达了蜂后的头部。

呈三角形分布的单眼发出令人无法直视的耀眼光芒，光芒又化作蓝白色的圆环，扩散至整个宽阔的圆顶。

仅此而已。西莉卡、米夏和伙伴们没有受到任何伤害，TP和SP也没有减少，甚至没有中Debuff。

刚才的攻击到底是……

就在西莉卡皱起眉头时——

圆顶四处响起低沉的震动声，并迅速增大——是巨蜂的振翅声。因中了翠蝶花之毒而麻痹的工蜂们陆续从地上飞了起来。

刚才的蓝光并不是针对西莉卡她们发动的攻击，而是用来帮所有同伴解除Debuff的技能。

“扫荡小队快来米夏这里集合！”

诗乃一声令下，阿尔戈等人纷纷从圆顶的四面八方跑了回来。他们周围也不断有工蜂涌出，总数足有四十……不，是五十以上。

光是蜂后和兵蜂就很难对付了，现在又被大量工蜂包围，连能否撤退都成了问题。

西莉卡愣愣地站在那里，蜂后——Gilnaris Queen Hornet再次在她头顶发出了胜利者的嗤笑。

上1日

“艾欧！你没事吧，艾欧莱恩！”

我躺在地上，用最小的音量呼唤机士团团长。

穿着深蓝色机士服的他全身脱力，面罩后的双眼依然紧闭着。我摸了摸他的脖子——Under World和现实世界的VRMMO不一样，是能感受到脉搏的——发现他的脉搏已经十分微弱了，皮肤也冰凉得吓人。

这大概是连续两次使用“空之心意”的副作用，但我不知道该怎么恢复。他第一次用完“空之心意”我就给他喝了回复剂，但那只能起到安慰剂的作用。

只能把他带到安全的地方，让他好好休息了。

做出这样的判断后，我支起上半身，用双手抱起了他的身体。

一阵痛楚忽然贯穿了我的心脏，让我一时喘不过气来——再下一刻，我才明白过来为什么会这样。

这和我在中央大圣堂顶层打倒最高祭司阿多米尼斯多雷特后抱着重伤的尤吉欧时的情形太像了。

在我心中郁结的悲伤和回忆一点一滴地融入我的血液，令亡友的声音在我耳边幽幽回响。

——即使道路在此刻分岔……但是，回忆会永远残留。

——所以我们……永远都是……好朋友。

之后他给现在装备我左腰上的剑起了名，离开了Under World。他的光立方随即被初始化，摇光也消失了。

明知如此，我还一直在从艾欧莱恩身上追寻尤吉欧的身影吗？

在机车上看到他和尤吉欧完全不同的Unit ID的时候，我不是已经决定放弃追寻这种不可能发生的奇迹了吗?

我紧闭双眼，不再胡思乱想。

现在只该考虑怎么把艾欧莱恩救出去。

在“阁下”的命令下，一层出入口的警备加强了，我不会用“空之心意”，肯定没法在不被任何人发现的情况下溜出去。如果放弃隐秘行动，我可以打穿这栋建筑的所有楼层，直接从屋顶飞走，但要是我这么做了，运用这个基地的家伙大概会立刻销声匿迹，甚至很可能会为掩盖事实而杀死神兽。

——还是得想办法悄悄逃离这里啊。

我下定决心，再把身子抬高十厘米左右，从窗户下方看向隔离室，这时左墙上的分析室的门恰好开了，“阁下”和两名研究员走了出来。

研究员还穿着防护服，“阁下”依旧穿着大衣，即使隔着二十米以上，我也能清晰感受到对方那冰冷的气场和惊为天人的美。

三人在离昏睡的大黑蛇有些距离的地方停下脚步，唯独“阁下”又向前走了几步，走到伸手能碰到大蛇的地方便平静自若地探头去看它插着导管的大嘴。

透过天花板上的扩音器，我听到了“阁下”的问话和其中一名研究员的回答。

“停滞处理进行得还顺利吧？”

“是……是，所有药剂都在按规定量注射。”

“嗯。你们发现的幼体现在在哪里？”

“那……那个……”

两名研究员像互相牵制似的对视了好一会儿，最后其中一人无奈地说：

“它……它在疏散的时候不见了……现在应该还在隔离室某处才对……”

“就是说我们既不知道它从何而来，也不知道它跑哪里去了？”

“是……是的，现状的确如此……”

“找到了就立即捕获。”

“阁下”下令的声音十分冰冷，就算隔着一层厚厚的玻璃，我也忍不住缩了缩脖子。研究员也立即挺直了身子，但还是鼓起勇气反驳道：

“可……可是……伊斯塔尔阁下，对幼体出手可能会再次招致神兽的心意攻击……”

他们好像彻底把我和艾欧莱恩破坏注射器的心意当成神兽的攻击了。

等等，他刚刚是不是提到了一个名字？伊斯……伊斯塔尔，就是这个发音。虽然不知道是名还是姓，不过这应该就是“阁下”的名字了。发音和美索不达米亚神话中的女神伊什塔尔很像，但估计没什么关联吧。

“阁下”伊斯塔尔转身去看研究员们，弄得衣摆上下翻飞。

隔离室的明亮灯光照得他黑色的鬈发有些发红，再配上浅蓝色的眼眸，更印证了我对他的第一印象——冰冷的火焰。如果我是他的部下，我打死都不想承受那样的目光。

“就当心意攻击是神兽发出的好了，它的目标也只是那个注射器而已吧？”

冰冷的问话声略带几分不悦，让研究员们再次立正站好。

“是……您说得没错……”

“换言之，只要不伤害幼体，你们就是安全的。要是你们还想和我争辩，剩下的话就到审问室说吧。”

“不……不，我们没有意见！这就开始搜寻幼体！”

看来研究员们本来也是军人，他们隔着防护服的面罩敬了个礼就分别走向左右两边了。

说要搜寻，但宽敞的隔离室里根本没有什么机械和容器，只有从左侧的墙上延伸出来，长得可以横穿整个房间的导管和蜷缩在中央的大蛇型神兽，幼体——我和艾欧莱恩追逐的小蛇也只能藏在导管背光处或大蛇身下，而在我们破坏注射器之际，它应该已经躲到神兽的头下面去了。

两人一会儿抬起细导管，一会儿看看粗导管的后头，迟早会调查到大蛇身下的吧。虽说是幼体，但它的身长超过了一米，也有近五厘米粗，一被光照到就是无所遁形。

伊斯塔尔就在旁边叉着手看着两个研究员搜查，若想逃到一层，现在可以说是一个绝佳的机会，再说要不是艾欧莱恩用冻素抓住小蛇，我又用暗素帮它治疗，它早就被炸得四分五裂了。

“……”

我看向怀里昏迷的艾欧莱恩。

当研究员们准备药杀小蛇时，是我用心意破坏了注射器的本体，但折断针的无疑是艾欧莱恩。也就是说，这位一直都很冷静沉着的机士团团长愿意冒着危险去救这只来历不明的生物……我也不想辜负他的这份情感。

就没有什么办法能带着小蛇一起离开基地吗？

能否用布遮住我和艾欧莱恩的脸，继而打碎眼前的玻璃，救走小蛇，再跑上楼梯强行从后门突围呢？

如果我是单独行动，那大概能做到吧。可是伊斯塔尔之前挥出的那一剑的速度并不逊色于昔日的上位整合骑士，假如要抱着艾欧莱恩和他比试，我不敢保证我们能毫发无损地逃脱。况且万一我们入侵的事情曝光，他们就很可能会在卡尔迪纳派出的监察团到达之前撤离基地。不论是否使用心意，蛮干都不能解决问题……

不，等等。

现在不管我怎么用心意，对方都不会知道是我用的吧——心意计只能根据检测到的心意强弱发出大小有别的警报声，无法指示源头所在的方位，即使不能直接冲出去大干一场，也可以制造是神兽在使用心意的假象。

我再次抬头凝望隔离室的天花板，中央因为灯光照不到而有些昏暗，但也能看出有一扇大型的正方形舱门，他们肯定就是用这条通道把神兽从屋顶运进隔离室的。

接着我把目光往下移，透过玻璃窗看向无力地躺在那里的黑色大蛇。

在心中默默为拿它当替身，或者说是幌子的行为道歉后，我重新抱起艾欧莱恩，呼出一口气，然后吸气——

“唔！”

并释放出比以往强了一两个层级的高强度想象。

躺在隔离室地上的神兽的三双共六只眼睛瞬间亮起了红光。

它猛地抬起巨大的头部，挣开插在嘴里和身体各处的输液管，输液管很快就喷洒着颜色诡异的药剂弹向四面八方，再下一刻，连接着心意计的警报器也发出了吵闹的响声。

“呜哇?!”

“怎……怎么回事?!”

正在调查导管的研究员们被吓得一屁股坐到了地上，而伊斯塔尔稍稍退后，没有拔剑，只是紧紧盯着神兽。我绝不能给他机会仔细观察。

天花板上的舱门被炸到内侧，散落点点火花——和我预想的一样，里面是漆黑的洞穴。对开的厚实舱门一扇落在两个研究员附近，另一扇则砸到伊斯塔尔面前，激发出更大的火花和撞击声，即便是伊斯塔尔也不得不后退了一大步。

与此同时，一个细长的小影子——只是与大蛇相较而言——从地上起飞，紧紧贴在了神兽的头上，但三人应该都看不见。

接下来就是这场大逃亡剧的高潮了。

神兽的眼睛再次亮起了光。

隔离室的金属墙和我眼前的玻璃窗接连粉碎，变成闪闪发光的碎片飞散到半空中。

这些碎片下一刻就被转换成了暗素。只靠这个空间的资源根本无法在空中生成这么多暗素，但运用物质转换就可以无限生成，还能借机破坏玻璃窗，可谓是一举两得。

无数暗素旋即雾化，紫色的雾霭笼罩了整个隔离室。

于是我打横抱起艾欧莱恩，踩上眼前的窗框，高高跳起。

我没有借用风素，而是仅凭心意力飞过伸手不见五指的浓雾，冲进天花板上的舱门，还不忘用“心意之腕”牵引神兽。

不久，浓雾渐渐散去，前方亮起了暗红色的光。圣托利亚现在应该是下午3点多，正好是阿多米纳星的黎明时分。

我几乎是全速从棱角分明的搬运通道飞向满是朝霞的天空，又稍微瞥了下方一眼，发现基地前后陆续跑出了许多士兵。地下深处的隔离室出现异况也不过是一两分钟前的事，他们的反应速度真是快得惊人——再磨蹭就要被发现了。

尔后我再次抬头看向天空，拉着神兽一口气攀升，直接穿过浓密的碎积云，只消几秒就飞上了云层。这下地面上的人应该看不见我们了。

我呼出憋着的气，赶忙确认艾欧莱恩的状态。

他还没有恢复意识，但面罩下方的脸颊似乎恢复了一点血色。我松了口气，转而看向左边。

漆黑的大蛇正浮卧在白云之上，六只眼睛依然被灰色的瞬膜覆盖着，刚才在地下是因为我拿用钢素做的镜面反射了热素的光才放出了红光。

给它输液的导管已全部拔除，但伊斯塔尔所说的停滞处理似乎还要一段时间才能解除，也无法保证苏醒后的神兽不会对我们抱有敌意，况且我们和伊斯塔尔在它眼里一样是人类，它更可能会不管不顾地向我们发起攻击。

既然如此，那还是在它苏醒之前把它送回原来的领地比较好吧，但这样它说不定早晚又会被那个基地的人抓住。

到底该怎么办才好？就在我皱眉沉思时——

铮！正后方突然传来一道刺耳的噪声，我随即感到有什么灼热的东西从背后贯穿了我的右胸。

第19章

一切尘埃落定之后，西莉卡才发现自己在这次绝对危机中未曾有过“要是桐人、爱丽丝和亚丝娜在就好了”的想法，而是一直都只想着要怎么靠现有的战力打破眼前的困局。

从四面八方涌来的工蜂的能力值并不高，却拥有一种极为危险的武器——仅需一击就能让人长时间麻痹的毒刺。众人之所以在先前的战斗中极力回避被多只工蜂围攻的状况，就是想要优先预防这种毒刺攻击。

然而对手是蜂后、兵蜂还有近五十只工蜂，数量一下子涨到了己方人数的两倍以上，所有人自然都会被两只或以上的巨蜂盯上，就是再厉害的老手也很难躲过毒刺的前后夹击。万一出现多人被麻痹的情况，战线就会崩溃，到时就很难撤出圆顶了。

身为强袭队的队长，诗乃应该也很纠结要不要下令撤退吧。

扫荡小队的阿尔戈和弗里斯科尔还要十秒才能与前卫小队会合，再过十秒，工蜂们也要围上来了。诗乃必须在那之前做出艰难的决定——现在撤退的话，被抓进巢里的切特就会彻底失救。

在被困于*Unital Ring*的绝大多数玩家眼中，她不过是游戏里的一个NPC，但在SAO、ALO和Under World与大量NPC……不，是AI交流过的西莉卡已经无法把他们看作单纯的程序了。克莱因和诗乃自不必说，在这个世界结识的扎里恩和霍尔加他们想必也是一样的心情——在拉斯纳里奥，他们也曾和巴钦族、帕特尔族的人们一起围着篝火把酒言欢。

西莉卡想要救出切特。

然而就像是在嘲笑她的悲愿一样，虽然不多，但显示在她视野左侧的切特的血条确实缩短了一些。

她无法得知蜂巢里面到底发生了什么事，但“营救犹豫期”还是结束了，切特也随之开始受伤，从减少速度推算，她的HP再过不到一分钟就会归零。

只有一种方法能打破这种绝望的处境。

那就是秒杀统领所有巨蜂的蜂后——Gilnaris Queen Hornet。

而现在它还有两段血条，还悬停在离地约八米的空中，西莉卡根本没有办法攻击到它。米夏的棘针攻击还在冷却，就算让艾基尔替她站到米夏的肩膀上，他的斧头也碰不到蜂后。

起码能把蜂后拉下地面就好了！西莉卡在米夏的肩膀上咬牙切齿地想。

“Silica!（西莉卡！）”

这时有人流利地喊出她的名字，连珠炮似的说：

“Move and let Misha squat down!（离开那里，让米夏蹲下！）”

那人的英语发音十分纯正，而且语速极快，西莉卡能听懂，可能得托归还者学校的实践性教学的福，也可能是火烧眉毛时的心有灵犀。

她立马从米夏的肩膀上跳了下来，还命令道：

“米夏，蹲下！”

直立的大熊立即响应，把前脚放回到地上。

后方随即冲出一个人影，猛地跳上它的后背——这人有着流线型的身材和异常发达的双腿，是螽斯人尼迪。

跑上米夏的肩膀后，尼迪瞬间蹲下身，旋即如炮弹般高高跳起。

这是螽斯独有的强大跳跃能力，不论是西莉卡等人，还是原*Insecsite*组的其他人都做不到这种程度。那褐色的身体迅速接近高空中的蜂后——虽说他拿米夏当跳板本身就高了两米，但还是凭自己的力量跳起了五米以上。

他将双手伸向蜂后的后肢，似乎是打算把它拖下地面。

然而——

蜂后早有预料般地拍打起了翅膀，继续升空。

尼迪的手看似就要扑空时——

螽斯人往正上方吐出了白丝。这是圆纹饰蟋螽的特殊能力，他们之前就用这招俘虏了曾是穆达希娜军探子的弗里斯科尔。

白丝缠上蜂后的长毒刺，让本来已经开始坠落的尼迪一下子停在了空中。突然增加的重量让蜂后停止了上升，但也没有被拖下去——它的升力和尼迪的重力达成了平衡。

忽然，几束黄绿色的光线划过了西莉卡的头顶。

诗乃放下滑膛枪，掏出秘密武器激光枪开始了连射。她瞄准的不是蜂后的身体，而是翅膀。超高温的能量弹射穿了蜂后的薄翼，在上面烧出一个个小洞。

蜂后的巨大身躯终于掉了下来。

时机到了。这就是最后的机会。

在它落地的那一瞬间就该集中攻击它的弱点，但有超过一半的攻击手都在与兵蜂战斗，且由于Unital Ring里存在队友伤害，蜂后身体再大也最多只有五六人能同时向它发起攻击，即便所有人都用上最高级的剑技也很难清空它最后两段HP。

就没有什么比剑技更强力的攻击手段了吗?

西莉卡死死盯住吊着尼迪降落的蜂后，绞尽脑汁地思考着。

之前见过的一个个场景突然在她脑海中不停闪现。

从小木屋屋顶滚落的大量圆木，还有固定在牢固支架上的黑卡蒂Ⅱ，这些记忆融合到一起，结成一个想法。

“大家快围住下落地点！”

她忘我地喊完才发现只说“大家”不会有人知道是在喊谁，但立即做出反应的正是她内心所想的伙伴们——莉兹贝特、克莱因、艾基尔和莉法。

他们将兵蜂交给扎里恩、维明、霍尔加和迪克斯，按照西莉卡的指示包围了蜂后的预计坠落地点。

“左手高举起武器，右手打开装备菜单！”

这里所有人都惯用右手，即便练习过用左手发动剑技，精度还是略逊一筹。不过他们没有表现出一丝犹疑，就和西莉卡同时将武器换到左手并高高举起，继而翻转右手，呼出环形菜单。

西莉卡的短剑、莉兹贝特的战锤、克莱因的弯刀、艾基尔的双手斧还有莉法的长剑围成了一个圆——最先在圆心处着陆的是尼迪。

他双手扯住从自己嘴里延伸的白丝，狠狠拉了蜂后一把，然后马上跳到了圆环之外。

紧接着，全长逾两米的巨大蜂后也带着一阵轰鸣落地了。它的脑袋上还亮着一圈淡淡的眩晕特效，但想必很快就会消失。

这是最后的指示。

“把左手上的武器换成继承来的武器吧！”

伙伴们似乎明白西莉卡的意思了，还没等她说完就划动装备菜单，按下了确认键。

高举的五把铁制武器在白光包围中消失，取而代之的是散发着耀眼光芒的最强武器。

分别是西莉卡的短剑伊苏勒达、莉法的长剑利扎温德、艾基尔的双手斧诺修尔、克莱因的日本刀灵刀迦具土、莉兹贝特的战锤雷槌妙尔尼尔。

和诗乃的黑卡蒂Ⅱ一样，这些从ALO继承来的武器对力量值要求过高，众人现在快20级了也依然无法将其拿起，但还是可以让它们出现在高举过头顶的手里，砸向下方。尽管很难将误差精准控制在一厘米以内，但蜂后的要害——它的胸部足有一辆中型车的轮胎那么大。

“看……招啊啊啊！”

西莉卡少有地全力高喊着，拼命调整重如泰山的短剑的下落轨迹，狠狠砸向蜂后足部的基节。

几乎与此同时，伙伴们继承来的武器也纷纷轰然落下，让蜂后那厚重的甲壳出现了深深的裂痕。

▶20

身体被击穿以后，我最先担心的是那样东西有没有伤到艾欧莱恩。

好在它只是擦过艾欧莱恩的额发就飞向空无一物的空中了，我瞬间想松一口气，但又觉得为时尚早，便在展开心意防护罩的同时迅速转身，发现纯白积云的边缘像滴落墨水一样多出了一个黑色的身影。

是一个人。那人平静自若地飘浮在那里，长发和黑色长大衣的衣摆都在随风翻飞。他伸向我们这边的右手上拿着一个看似是大型手枪的物体，看来贯穿我右胸的就是这把枪的子弹了。

一想到自己被击中，那阵灼烧般的剧痛也随之复苏，往下一看，我右边锁骨下方开了一个手指头大小的洞，血流不止。

虽然这一击没有直接命中心脏，但也是很重的伤，以前的我估计会因此失去一半天命，另一半也随出血急剧减少，可是经过与最高祭司阿多米尼斯多雷特，还有暗黑神贝库达——加百列·米勒的战斗，我明白了这个世界的肉体都不过是灵魂的投影。

比起被加百列腰斩掏心，这点小伤根本算不上是伤，我便以自己的血为资源治愈了枪伤，顺便修补了破损的机士服。

和阿多米尼斯多雷特交战的时候，我就是有现在一半那么会用心意力，尤吉欧也不会死了吧……我挥去这刹那间的感伤，注视远方的人影。

由于对方离我近百米远，还背靠朝阳，我完全看不清他的脸，但我只凭感觉也能猜到他就是我们在基地里遇到的“阁下”伊斯塔尔。真没想到他能在那么大的骚乱之中迅速追来，更重要的是，他是怎么飞过来的？

我是该主动靠近收集情报，还是该优先保证艾欧莱恩和神兽的安全，马上逃跑，还是该毫不犹豫地先发制人呢？

人影仿佛看穿了我的犹豫，突然动身向我逼近，其速度之快远超出我的想象，翻飞的长大衣好似一对漆黑的羽翼。我立即扩大防护罩，往里面注入了更多的力量。

就在我猜他继续前冲会在隐形的防护罩上撞得粉身碎骨时，他在虚空中擦出一片火花，紧急减速，在离防护罩仅有十厘米的地方停了下来。

此时他离我只有不到十米，黑色鬈发下的冰蓝色眼眸正放出凌厉的光芒。

这是我第一次从正面看到伊斯塔尔的面容，果然是一个超凡脱俗的美人。他是继最高祭司阿多米尼斯多雷特之后第二个光凭容貌就能让我感到畏惧的人。

伊斯塔尔没有露出任何表情，只是默默地注视了我足足五秒，直到看见昏迷的艾欧莱恩，那古井无波的眉头才隐约泛起一丝感情的涟漪，但又很快恢复了平淡。

他再次抬起目光，总算张开红唇说：

“我要为未经警告就从后方开枪一事向你道歉。我想先试试这个效果如何。”

说完他便举起右手上的大型手枪，轻轻放倒。

我从他的表情、语气和动作上感受不到一丝一毫的歉意，这才有了生气的余力，便一边维持心意防护罩，一边开门见山地说：

“你是故意瞄准右胸的吗？还是说你原本瞄准的是头或者心脏，但是打偏了？”

“从那么远的距离瞄准某一个点根本不现实，能命中已经相当不错了。”

伊斯塔尔无动于衷地回应了我的挑衅，但我记得诗乃说过现实世界里的手枪的有效射程只有二十米左右，在GGO里也顶多就是五十米上下，而他竟然能在百米开外用一把明显是粗糙的试验品、命中率看似不高的枪一枪打中我——由此可见，除了在地下那个小房间里展示过的神速剑术以外，他的枪法也是大师级的。

“这把枪是用什么原理击出子弹的？”

我想起这把枪射击时还会发出奇怪的铮铮声，便提出了第二个问题。还以为他不会继续回答，他却低头看着右手上的手枪说：

“很简单，就是用解放风素的压力射出子弹而已。从压缩室里抽出多余压力的调节机构倒是下了一番工夫。”

“原来如此……”

刺耳的噪声似乎源自那个什么调节机构，我很好奇具体是什么构造，但实在不好意思开口跟他借来看看。

话又说回来，都在这么近的距离说上话了，我还是很难判断伊斯塔尔是男是女。他声调略高的磁性嗓音、惊人的美貌，还有身高、体格、穿着都显得十分中性，根本不允许我猜测推断。

但至少我在他身上看不到小型螺旋桨和喷射引擎，可以确定他和我一样，能够只靠心意力在天上飞。

从某种意义上来说，心意力就是“用个人想象颠覆世界常识”的能力，所以飞天这种行为看似简单，实际上却需要相当高强度的心意——毕竟包括我在内的所有Under World人都被灌输了“人无法飞天”的常识。

就我所知，只有最高祭司阿多米尼斯多雷特以及暗黑神贝库达能完全只凭心意飞行，如果不是和他们激战过，我肯定也很难达到现在的境界。

换句话说，伊斯塔尔是经历过同等水平的激战，或者是仅凭自己的努力就拥有了阿多米尼斯多雷特那种级别的意志力……

我注视着他冰一样的双眸思索道。

“我回答了你两个问题，你也该回答我两个问题吧。”

伊斯塔尔一边将大型手枪收回右腰的枪套一边说。

不不不，我可是被你开枪打中了啊！我不禁心想，但若能获得更多信息就有继续谈下去的价值，艾欧莱恩兴许也能在此期间恢复过来。虽说不知道在我背后飘浮的神兽苏醒后会出现什么情况这点有些让人不安，不过紧要关头用心意做个壳子把它裹起来就好了吧。

“好啊……只要是我能回答的问题就行。”

听到我的回答，伊斯塔尔立马抛出了一个出人意料的问题：

“深渊之恐惧是你消灭的吗？”

我一时不知道该不该老实回答，点头称是又会给他判断我心意力的强弱提供参照……可他应该不会因此停止对话，转而攻击我吧。

“没错。”

击败深渊之恐惧并不全是我一人的功劳，但我不打算说这么多，他要对我有过高评价也无所谓。

“是这样啊……”

他若有所思地说道。冷冷的风吹起了他的长发。

尽管很慢，但通红的太阳确实正在遥远的后方逐渐升起。现实时间马上就到下午4点了，一到5点，神代博士就会让我、亚丝娜和爱丽丝强制下线，而我们几乎不可能在那之前回到大圣堂——不修好X'rphan也飞不回去——但我起码得先制造出即便我突然消失也不会出问题的状况。

再聊五分钟，就用心意防护罩把伊斯塔尔抓起来，暂且离开这里吧。我如此决断的那一瞬间——

“他在拖延时间。”

怀里传来了一个微弱的声音。

于是我连忙看向下方，发现艾欧莱恩微微睁开了面罩后的双眼。他看上去还是有些痛苦，但那双绿色的眼睛正在慢慢恢复神采，我也暂时放下心来了。可他说的拖延时间是什么意思？

艾欧莱恩似乎感受到了我的疑惑，声音嘶哑地继续说：

“现在地面基地的人员应该都开始撤离了。等撤离行动结束，估计整个基地都会被抹除吧。”

“抹除……这到底是……”

我惊讶地说着，望向脚下。

厚厚的云层遮住了我的视线，但只要放出微量的心意，我就能感应到热量及其动向——在基地旁边的跑道上，那架名为“阿乌斯”的大型机龙已经启动了引擎，士兵们正不断地把物资搬进货舱里。

而我竟然一直没有发现他们的行动，真是个大白痴。还想从伊斯塔尔身上获取情报，结果完全落入了他的圈套。

“被你发现了啊。”

前方的伊斯塔尔以依然冰冷，却掺杂了些许感情的声音说道。

在我抬头的同时，艾欧莱恩同样以我未曾听过的声调说：

“因为这才像是你的策略啊，托考加·伊斯塔尔。”

这句话让我不由得屏住了呼吸。

他这么说就说明他早已认识伊斯塔尔，伊斯塔尔的回应也是。

“入侵者果然是你啊，艾欧莱恩·赫伦兹。你的身体还是那么虚弱呢。”

这种挑衅不会对艾欧莱恩起效，但他还是抬头对我说：

“我没事了，把我放下来吧。”

说完他还用口型加上了我的名字“桐人”，看似是让我不要暴露自己名字的意思。

我对此没有异议，但在这里把他放下来，脚下也只有这些柔软的积云，要想让他站好就得用心意做一个立足点，或者扶住他才行……他好像察觉了我的踌躇，小声说了一句：

“你不用扶我的。”

“我知道了……”

闻言，我点了点头，放下了撑住艾欧莱恩两腿的左手。

看着机士团团长的黑色皮靴踩在空无一物的空中，我小心翼翼地松开了右手，之后却没有任何坠落的迹象。也就是说，不光是伊斯塔尔，艾欧莱恩也会用心意飞行。

想想也是，异界战争都结束两百年了，既然Under World的科技发展到了能飞往其他行星的水平，那肯定也对心意力进行了同等的研究与革新吧。其中很可能还包括了“快速学会如何运用心意的方法”。

我暗暗告诫自己今后不能再有“只要有心意就绝对不会有事”的想法，看向对峙的二人。

先开口的是艾欧莱恩。

“放下枪和剑投降吧，你的所作所为已经明显背叛了星界统一会议，我必须把你抓回圣托利亚。”

听到这里，伊斯塔尔微微一笑道：

“你还是这么死板啊，艾欧尔。与其在这里投降，我还不如不追你们直接逃跑呢。”

"考加你倒是变了……以前的你是不会为了掩护部下撤离而冒险的。"

艾欧莱恩的话让我再次看向地面，确认情况。

士兵们仍在把物资搬到大型机龙上。那座基地的核心设备都在地下，光靠电梯运输肯定要花不少时间，里面估计还有将神兽的孩子改造成活体导弹的装置，我最起码要将它破坏掉。

要是机龙启动，我就必须采取行动了……

"冒险？"

我还在思索，伊斯塔尔就轻轻歪头反问，又用右手将被风吹乱的头发拨到肩后，面无表情地继续说："我当然不会那么做。我只需要在'阿乌斯'起飞之前应付你们两个，然后离开……不，飞走就行了。"

听他的语气，他一点都不担心自己会受伤，更遑论是被抓住。艾欧莱恩微微耸肩道："原来如此，你还真是一点也没变。可就是因为你这么自负，你才会在人界统一大会的决赛上输给我。"

"禁止使用心意的比试不过是表演罢了，我来教教你什么才是真正的战斗吧。"

话音刚落，伊斯塔尔便不由分说地拔出了左腰上的军刀。

再下一刻，艾欧莱恩也拔出了机士服腰带上的剑。

两把剑在曙光下闪着红光，虽说一把是弯刀，一把是直剑，但物体等级看似是一致的。两人似乎是旧识，我也不想打扰他们以武会友，可是我的心意防护罩还隔在他俩中间，再磨蹭下去，地面上的机龙就要起飞了。

"抱歉，艾欧，我要把那家伙抓起来了。"

我轻声说完就迅速让防护罩变成一个透明的球体，将伊斯塔尔裹住。

现在不用在意基地的警报了，我就全力强化了防护罩——即使伊斯塔尔是能凌空飞行的心意达人，也不可能攻破我这个足以抵挡宇宙怪兽“深渊之恐惧”发出的光弹的心意防护罩。这绝非自负，是客观评价。

然而伊斯塔尔在透明牢笼中缓缓向前移动，伸出左手触碰了防护罩。

我随即感觉到什么异常冰冷的东西一下子穿透了我的意识。明明心意防护罩没有破碎，伊斯塔尔的手却穿了过去，伸到了外面。活体导弹穿过包裹X'rphan十三型的防护罩时，我也有过一模一样的感觉，但这次比之前的还要强几十、几百倍。

这是侵蚀心意的心意。

紧接着，轻松脱离防护罩的伊斯塔尔以极快的速度向艾欧莱恩砍了过来。

▶21

幸运的是，众人不必从巨树表面爬上离地足有二十米高的蜂巢入口处。

巨树根部背面有一个大洞，而从这个大洞通往树干内部的天然隧道一直延伸到了蜂巢那儿。

蜂后Gilnaris Queen Hornet死后，四只兵蜂和几十只工蜂随即化作碎片，被抓进蜂巢的切特也不再掉血了。明知不用着急，但西莉卡还是领着攻坚小队沿这条狭窄到内壁几乎要碰上肩膀的隧道全速跑了上去。

呈螺旋状延伸的隧道地面长满了苔藓，好几次害她差点摔倒。她跑了一会儿就来到了一个广阔的空洞，墙上布满了六角形的蜂房，不过幼虫和蜂蛹看似都和蜂后一起消失了，所有蜂房都空荡荡的。她不禁有些可怜它们，可是现在还有更要紧的事——

“切特！你在哪里?!”

她环顾着空洞大喊道。

空洞深处很快就传来了细微的声音：

“我在这里！”

闻言，西莉卡立即和追来的阿尔戈还有莉法一起冲了过去。里面的墙上还有另一条隧道，三人从中穿过，走进了一个更大的空洞。这大概就是蜂巢的中心了，左边的墙上设有多个出入口，右边的墙边则耸立着一个宛如王座的高台。

而被看似灰色黏土的东西封住了的娇小帕特尔族人就躺在高台底部的地面上。

“切特！”

见状，西莉卡赶紧上前用双手扒开切特身上的黏土状物质，切特解脱后就抖了抖那娇小的身体，扑进西莉卡怀里。

“谢谢你……谢谢你，西莉卡！”

“不用谢……这么晚才来救你，真对不起。你没受伤吧？”

西莉卡问完才想到这个世界的NPC可能没有受伤的概念，而切特往左右两边摇了摇她尖尖的鼻子。

“虽然被幼虫咬掉了一点尾巴，不过我没事。”

“欸……欸欸？”

听到这话，西莉卡连忙看向切特的尾巴，发现尾尖确实少了大约十厘米，断面处还闪烁着红色的伤害特效，但这种程度的部位缺损只要HP回复就能马上复原了吧。

恢复平静的切特放开西莉卡，看了看周围的莉法和阿尔戈，大声叫道：

“别管我了，快来这边！”

她一面向三人招手，一面向王座的背面跑去，随后跟上的西莉卡看到高高堆积在那里的东西之后就愣了好一阵子。

武器、防具、饰品、道具、金银铜币都被从入口射入的自然光照出了耀眼的光芒。

蜂后及其余巨蜂与众人迄今为止打过的怪物不同，HP一归零就化作碎片，直接掉落素材道具了。仔细回想一下，三天前打倒的巨型蜈蚣“夺命者”也是这样，这就可以说明这个世界的头目级怪物并不需要玩家自己解剖了吧。

因此一行人本以为Gilnaris Hornet只会掉落翅膀、甲壳、毒刺这些素材，然而……

“哇，好厉害！好多宝藏！”

莉法欢呼道。一旁的西莉卡疑惑地歪了歪脑袋，说：

“可是……为什么虫型怪物会攒着钱和武器？”

“肯定是因为那个吧。”阿尔戈向前走了几步，捡起一枚硬币，用拇指高高弹起并说，“这些都是和切特一样，被带进巢穴的冒险者们的……”

“不用再说了！”

被西莉卡匆忙打断的阿尔戈若无其事地接住了坠落的硬币。

这大概就是唯一的解释了。这样一来，将这些东西全部搬走总让人觉得有些良心不安，但留在这里也只会被其他玩家捡走，或者变成闲置道具，渐渐耗光耐久值，而且伙伴们应该还在外面心急如焚地等待冲进蜂巢的西莉卡、阿尔戈和莉法，她们也不能一直拖沓下去。

“能把它们全部装进我们的道具栏里吗？”

西莉卡回头问道，阿尔戈和莉法则莞尔一笑：

“勉强能吧。”

“把里面的圆木丢掉就好了。”

见一行人从树洞里出来，帕特尔族的奇诺基和奇鲁夫便发出了高亢的欢呼声。看到三人抱在一起，周围的克莱因、霍尔加等人，以及巴钦族的战士们都露出了欣慰的笑容。

可是，当西莉卡、阿尔戈和莉法把塞进道具栏里的大量财宝堆到地上以后，所有人的表情都变了。

在MMORPG中，玩家争执的原因不外乎是欺骗、非议或分配。虽然西莉卡在转换到ALO以后基本都和同一批人一起冒险，但她在SAO时期也加入过不少野队（**注：游戏术语，指与自己不熟悉的非好友玩家组队**），不止一两次见过因为道具分配而内讧的场景。在第三十五层，她之所以想独自穿过“迷失之森”，险些因此送命，也是因为队里的一个人说出了“你有那只蜥蜴帮忙回复，应该没必要给你回复水晶了吧”这样的话。

假如没有这件事，她也不会遇见桐人，只不过她每次想起自己当时那副口不对心的模样都会尴尬得想叫出声来，便心想现在还是不要乱说话，让队长诗乃决定怎么分配好了……

“等我们回到拉斯纳里奥之后再谈分配的事吧。”

听见诗乃以一如既往的平静语气这么说，之前还在小山一样的宝藏旁边手舞足蹈的克莱因他们也恢复了冷静，纷纷点头同意。要是在这里商量怎么分配，一转眼就要花掉二三十分钟了吧——这次探索的目的并不仅仅是攻略蜂巢圆顶，还有确保新的铁矿石产地，以及找到弗里斯科尔所说的“能往上爬的地方”，不能现在就原路返回。

于是一行人把大量财宝装进多个木箱，用蜡封好箱盖，交给力量型的玩家保管。如果有人操作窗口偷偷取走箱子里的东西，那下次将箱子实体化时，被破坏的蜡封就会昭告其所作所为。

操作完后，西莉卡最后一次回头看向这个天然圆顶。

午后的阳光透过盖住头顶的巨树枝叶在半空中划出一道道金线，地上仍然开满了紫红色的大王花，但今后都不会再有巨蜂来采蜜了。只余设置在南侧隧道附近的三个掩体仍在诉说刚结束没多久的激战，不过这些掩体的耐久值都快耗尽了，想必不久后就会自动消失，贴附在巨树上的蜂巢大概也是这样。

之前这里还充斥着巨蜂嘈杂的振翅声，现在却只剩下了微风拂过树叶的沙沙声。尽管破坏生物的栖息地让西莉卡产生了些许罪恶感，但这些巨蜂过去也曾毁灭过帕特尔族的城镇。

“喂，要走啦！”

听到莉兹贝特的呼唤，西莉卡转过身去，只见已经做好出发准备的伙伴们都笑意盈盈地看着自己。

“好！”

她兴奋地答道，旋即和米夏还有停在它头上的毕娜一起向大家跑去。

▸22◂

明知不是时候，但艾欧莱恩和伊斯塔尔在空中交战的模样还是让我看入迷了。

与我和加百列那一战不同，二人没有华丽的飞行竞逐，除了脚下是云海以外，这似乎就是一场普通的比试，但他们的每一次攻击和防御都用心意力强化过。

这也意味着，只要有那么一瞬间没能集中注意力进行想象，手中的剑就会在抵挡对方斩击的过程中被击碎。攻击时也是，一旦想象跟不上，无论挥剑速度有多快，对方都能仅凭格挡就让剑折断。

而两人都在操纵自身的想象，使之与超快速的斩击完全同步。如果没有长年累月的锻炼，他们根本不可能习得这种绝技，现在的我还无法如此顺畅地切换使用的心意，这样体系化的技术已经可以称之为“心意系统”了。

在让人目不暇接的刀光剑影中，二人稍稍拉开了距离。

“嗬！”

“呀！”

经过短暂的蓄力，艾欧莱恩和伊斯塔尔就像成了彼此的镜中倒影一样，同时以迅雷之势使出了上段斩。

刀刃与剑刃剧烈碰撞产生的冲击波撼动了整个空间，仔细观察还能发现二人的刀剑之间有一道极细的缝，他们的心意就在那里针锋相对，意图破坏对手的武器。

铮！在压力达到顶峰的那一刹那，一道刺耳的声音响起，两人随即被狠狠弹开。

当前战局可以说是不分伯仲，但艾欧莱恩几分钟前才从昏迷中醒来，我很担心他的体力能不能撑住。伊斯塔尔刚才说“你的身体还是那么虚弱”，若他自少年时期就与艾欧莱恩相识，那就说明我的担忧是对的，艾欧莱恩天生就比较羸弱。

在前往中央大圣堂的机车上，艾欧莱恩说过他十六岁就在统一大会上赢得了冠军，而听他们刚才那么说，他当时的对手应该就是伊斯塔尔了——换言之，眼前的这场战斗正是Under World最强剑士的巅峰对决。这样一想，我就不是很方便插手，但这不是比赛，我必须在艾欧莱恩耗尽体力之前及时出手，让伊斯塔尔暂时失去战斗能力。

虽说伊斯塔尔用“侵蚀心意的心意”挣脱了防护罩，但我还有很多后手——只要我在两人刀锋对撞的时候放出一个热素分散他的注意力，艾欧莱恩就能突破防御，斩断他的军刀了。

——就在下次碰撞时介入吧。

但就在我下定决心的那一刻，有好几件事情同时发生了。

首先是“阿乌斯”以外的两架机龙接连从地面的跑道上起飞，并绕着大弯迅速升空。机体虽小，速度却不容小觑，想必是战斗机吧。

接着是看似装载完所有货物的“阿乌斯”开始从滑行道驶往跑道。

最后是无数风素和热素在基地地下深处一起激发。

压力不断增强的素因群怎么看都不是用来供给能源的，这估计是艾欧莱恩所说的“抹除基地”的方法……亦即他们准备爆破这一整栋巨大的建筑物——更可怕的是，里面还有二十几名工作人员。

从右下方绕过来的战斗机大概是来支援伊斯塔尔的，我要在对付它们的同时阻止“阿乌斯”起飞和基地爆炸，不管怎么想，我一个人都完成不了这么多任务。

拉开大段距离的艾欧莱恩和伊斯塔尔将剑架在右肩上，剑身亮起了黄绿色的光芒。这是秘奥义——剑技的前置动作。

这一瞬间，只有一件事是我能做的。

我全速运转大脑，拼命思考自己最该先做什么事，是支援艾欧莱恩？迎击战斗机？还是阻止“阿乌斯”起飞？防止基地爆炸？

忽然，我好像听到了一个人的声音。

——之后就……交给你……了……保护……这个世界……保护……世界上的人……

这是很久很久以前，Under World的管理者兼守护者——贤者卡迪纳尔对我说的话。

当时我将她的话牢记于心，与阿多米尼斯多雷特和贝库达展开了激战，可是这并不代表Under World的危机已经解除。自再次登入这个世界以来，我一直抱有一丝旁观者的心态，但心里也永远留存着那些曾经为Under World英勇奋战、将希望托付给我而离去的人的思绪，我也必须为相信我、送我离开大圣堂的亚丝娜和爱丽丝竭尽所能。

亚丝娜……爱丽丝……卡迪纳尔。

在三人的面容从我脑海里闪过的那一刹那，一个天马行空的想法啪嗞一声炸开了。

只要亚丝娜和爱丽丝也在这里，就可以应对所有问题了。

此时她们身在五十万公里外的卡尔迪纳星，正在中央大圣堂等我归来，即便是速度可达三百马赫的X'rphan十三型也要花一个半小时才能飞到那里去，但是贤者卡迪纳尔擅长的“门”之术式——即时传送门可以无视物理距离，再者Under World里也不存在与现实世界同义的距离。

我自然不会什么造门术式，不过卡迪纳尔的使魔夏洛特曾经说过，所有的术式都只不过是为了引导并整合“心意”而诞生的道具，就像无咏唱生成素因一样，只要想象足够强大，应该就能做出传送门了。

想到这里，我不再去看艾欧莱恩的后背，转而抬头看向上方。

卡尔迪纳和阿多米纳的自转方向及周期是一致的，但由于卡尔迪纳的央都圣托利亚和阿多米纳的首都奥利的位置恰好对称，两地会周而复始地在一天之内接近和远离彼此，而现在正是圣托利亚和奥利离得最近的时间。

一颗半边散发着蓝光的巨大星球正飘浮在拂晓的天空之中，恰似从月球上看到的地球。目前我离首都奥利理应不是很远……

看到了。

那是一片看着像是人造的红色倒三角形大陆，左上角那个被白色山脉围绕着的鲜绿色圆圈就是人界，人界的中心就是央都圣托利亚，而圣托利亚的中心就是中央大圣堂。尽管很难用肉眼分辨，但这并不妨碍我集中想象。

我汇聚起朝阳供给的空间资源，生成大量晶素，然后将它们凝缩到一起，生成了一扇巨大的门。

尔后我在水晶般通透的大门下方造出了一个直径约七米的薄薄圆盘，这个过程需时一秒，接着我又花了两秒时间在脑中描绘遥远星球上的亚丝娜和爱丽丝的模样。

不对，她们就在近处，就在透明大门的那边。

这个世界并不存在距离。

透过水晶门看到的朝阳荡起了波纹。

那里朦朦胧胧地映照出了她们身穿蓝色机士团制服的身影——

就在这一瞬间，我用意念拉开了大门。

在朦胧白光中摇曳的景色随即染上鲜明的色彩，那并不是蜃影——我真的以水晶门为媒介，将阿多米纳星的原野和卡尔迪纳星的中央大圣堂连接到了一起。

“亚丝娜！爱丽丝！”我一边同时操纵四种心意，一边声嘶力竭地朝好像在一起做什么的两人大喊，“抱歉，麻烦你们帮帮我！”

如果站在那里的是我，至少也得花上十秒才能从惊愕中清醒过来，理清状况，确认不是陷阱再穿过大门吧。

然而亚丝娜和爱丽丝只用了半秒就脱离硬直状态，毫不犹疑地蹬地而起，相继穿过大门，并在透明圆盘上跑了几步，稳稳站好。发现自己周围是一片朝霞，圆盘下便是纯白的云海时，两人也难免有些惊讶，但没有停下动作。

“桐人，我们要做些什么?!”

“亚丝娜，麻烦你让下面的基地整个升上天！地下的炸弹就要爆炸了！”

我边喊边操纵第五种心意，驱散巨大的云层。基地随之现形，可以看到工作人员们正在拼命逃跑。现在离大爆炸估计只剩不到十秒了。

在祈祷不要出现伤亡的同时，我喊出了下一个指令：

“爱丽丝，拜托你去让那架大型机龙停下来！但也不能完全破坏掉！”

“阿乌斯”已经开始滑行了，我已无法阻止它起飞，但爱丽丝肯定可以。

“你还是这么强人所难啊！”女骑士抱怨了一声，从蓝色机士团制服的左腰处拔出金桂之剑，“我试试看！”

身穿同款制服的亚丝娜向我点头示意，但她没有拔出挂在腰间的珍珠色细剑“闪耀星光”，而是高高举起了右手上的大菜刀。

接下来的事都是同时发生的。

爱丽丝将金桂之剑举到面前，高声喊道：

“Enhance armament！”

她发动了整合骑士的秘技——武装完全支配术，黄金剑身随之分离成无数花瓣，这些花瓣在朝阳的照耀下熠熠生辉，继而化为一股奔流，涌向地面。

这时“阿乌斯”刚从跑道上起飞，左右机翼分别内置的三个引擎正拖着长长的尾焰让机身急速上升。

从上方袭来的花瓣在它面前分成两拨，它们并没有袭击机身和引擎，而是撞碎了附在机翼后缘的增升装置——襟翼。

虽然Under World的大气中并不存在气体分子，但机龙的飞行原理基本与现实世界的飞机一致，“阿乌斯”丧失襟翼后升力不足，无法继续上升，不过机翼还在，它也没有像倒栽葱那样坠落。

只见它摇摇晃晃地下坠，最终被迫降落在被黄色花海覆盖的地面上，并一路卷起无数真正的花瓣，掀起阵阵浪花，滑行了好几百米才倒向一旁，停了下来。

亚丝娜将右手的菜刀对准基地，很有气势地喊了一声：

“三……二，一！”

垂直的七色光芒随即从天而降，裹住了巨大的基地。

灰色建筑在天使合唱般的神秘声音中拔地而起，正好逃了出去的工作人员纷纷匆忙往下跳，后面那些没来得及逃跑的人则转身跑回了里面。

亚丝娜使用的超级账号“创世神史提西亚”拥有无限制的地

形操作能力，在与“深渊之恐惧”战斗时就召唤过特大陨石，还曾于异界战争期间造出长达数千米的地缝，要她让一栋建筑升空就是小菜一碟。

算上地下部分，在七色极光中浮起的基地几乎呈立方体状，假如利用热素和风素制作的爆炸装置紧贴在地基处，我们就需要将其拆除，但幸运的是，敌人把它埋在了地基下面。

“嘿！”

彻底拔起基地后，亚丝娜将菜刀往右一挥，基地也随之向右平移，不出几秒，在地上张开大口的黑洞就喷出了高高的鲜红色火柱。

即便头顶的云层一下就被吹散了，先于“阿乌斯”起飞的两架机龙也没有表现出半点动摇，仍在急速上升。

直觉告诉我，驾驶这两架机龙的就是在基地中随侍伊斯塔尔左右的司金和多姆伊。

两架机龙的轮廓与史蒂卡她们驾驶的“吉尼斯七型”十分相似，但颜色是哑光暗灰，机身上没有纹章和序号等图案，而腹部突出的大炮炮口已经亮起了热素的光。

将阻止“阿乌斯”逃走、保护基地不被爆破的工作分别交给爱丽丝和亚丝娜后，我就可以用心意力压制这两架战斗机了。可是直接用心意力抓住超高速飞行的物体可能会使其四分五裂，也有导致密封罐爆炸的危险，可以的话，真不想见到有人牺牲……对方似乎看穿了我的犹豫，突然开炮——

接连射出的热素弹的目标不是我，不是艾欧莱恩，也不是亚丝娜她们站着的圆盘，而是悬停在稍远处的漆黑大蛇。

“什么?!”

我忍不住惊呼出声，但还勉强来得及防御。近十发热素弹撞在我展开的心意防护罩上，于虚空中炸出大片橘红色火焰。

司金和多姆伊理应知道神兽仍在沉睡，为什么还要故意瞄准它？是有什么不能放走它，而必须将它杀死的理由吗？

无论如何，我都不能让他们继续攻击神兽。

——尤吉欧，我要借用你的剑了。

我在心中对挚友说完，便用左手拔出挂在右腰上的通透蓝色长剑——蓝蔷薇之剑，将剑尖对准机龙喊道：

“Enhance armament！”

剑身顿时迸发出澄净的蓝色光芒，光芒又化作寒冰藤蔓，一面交缠，一面杀向机龙。两架战斗机立即分别拐向左右两边，藤蔓也迅速兵分两路，追着它们而去，还在接触的前一刻像网一样张开，紧紧缠住了钢铁做的机身。

两架机龙拼命驱动引擎，想要挣脱藤蔓，喷射却只持续了不到一秒——原来是在空中生成的冰块轰的一声裹住了机龙的后部。冰块越来越大，最后彻底将巨大的战斗机裹了起来，机龙失去了推进力，只得绕着圈摔向地面。

蓝蔷薇之剑的武装完全支配术生成的冰块既能让里面的敌人暂时失去行动能力，也能保护他们。一般的武器和冲撞绝对无法将其击碎，只有发起和蓝蔷薇之剑具有同等优先度的攻击，或是用上心意才能破坏它。

两块冰相继摔到远方的地面上，弹起几次以后就猛地滚了起来，直到撞进高耸山丘的斜面才彻底停下。上面看不见一丝裂痕，里面的机龙也毫发无伤，司金和多姆伊难免会头晕目眩，但想必都没有受重伤。

“阿乌斯”迫降、基地原址爆炸、战斗机遭到攻击并坠落……

几场骚动同时发生，艾欧莱恩和伊斯塔尔却依然心无旁骛。

两人仍让剑维持在随时可以发动剑技“音速冲击”的状态，静候时机。

我也好几次遇到过这种场面。若双方水平相当，就很难在对峙之中找到攻击的机会——谁先忍不住出手，谁就会落入下风。一旦演变至此，之后就是纯粹的耐力比试了。

而且两人现在都在用心意力浮空，拿以前的ALO的话来说就是在持续消耗飞行槽，他们再怎么会用心意也必然会达到极限——艾欧莱恩之前在基地里连续使用了两次“空之心意”，导致自己昏了过去，就这一点而言，战况对他更为不利，因此我打算以素因攻击介入，但是……

见成功阻止战斗机，我连忙转过身去，发现两人还在对峙——看来是赶上了。我暗自松了口气，接着举起右手，准备生成热素来分散伊斯塔尔的注意力。

突然，我感觉到有人轻轻按住了我的手。

不是亚丝娜和爱丽丝，她们还在给“阿乌斯”和基地收拾残局。

也不是艾欧莱恩，他的注意力全放在了伊斯塔尔身上，恐怕根本看不到我。

我看向左手握着的蓝蔷薇之剑。

武装完全支配术的效果仍在持续，只见钻石星尘一样的白色粒子裹住了蓝蔷薇之剑的剑身，正发出耀眼的光芒。

但在摇曳的雾霭中，我似乎看到了某人的身影……

“艾欧莱恩阁下！”

就在这一刻，一声悲鸣响遍了满是朝霞的天空。

是史蒂卡。她站在敞开的水晶门后，睁大了红叶色的眼睛。

紧接着，剑士们动身了。

双方同时发动之前一直维持的“音速冲击”，一跃而起，拖着黄绿色的光线在空中飞翔，并在短短一瞬之间拉近距离，一同挥下军刀和长剑。

强烈的闪光和冲击波化为两重圆环扩散开去，震撼了整个空间。

用心意强化过的剑技相互颉颃，想要消灭彼此。被超限压缩的能量化作细如丝线的紫雷，接连爆发。

然后，这种伟力的平衡以一种出人意料的形式被打破了。

艾欧莱恩的长剑和伊斯塔尔的军刀同时碎裂——不是断成两截，而是整个剑身和刀身化作细小的碎片，闪烁着随风而去。得到释放的能量立即引发了强烈的爆炸，将两人推向后方。

“艾欧莱恩！”

我连忙冲上去接住机士团团长的身体，并用右手抱住他。他的胸口和手臂上有很多细微的剑伤，但都不是致命伤，意识也依然清醒，朝我轻轻点了点头就重新看向前方了。

空中残余的光很快消散，飘浮在二十米开外处的伊斯塔尔随之现形。

他也没有受到重创，但他失去了军刀，应该也消耗了不少心意力，即便他手里还有之前那把手枪，其威力也不可能比战斗机的热素炮要强吧。

相比之下，我、亚丝娜和爱丽丝都到齐了，伊斯塔尔的实力是毋庸置疑的，不过别说是击败我们了，他甚至没法冲破我们的包围，逃离这里。

而艾欧莱恩从我怀里离开，在空中站稳脚跟说：

“我再说一遍，投降吧，考加。”

闻言，伊斯塔尔微扬红唇，答道：

“艾欧尔，我很高兴你的技艺一点都没有生疏。”

他收起笑容，拨开了大衣上的剑刃碎片。

“但你还是那么天真，这样是赢不了我的。”

说完他便以快得让人看不清的速度活动右手，掏出了那把黑色手枪。

我立马在中间位置展开了心意防护罩，伊斯塔尔本人是可以穿过去，但子弹肯定没这本事，就先让他把子弹打光，然后再用物理手段把他抓起来好了……就在我盘算的时候，他将右手举过头顶，把枪口对准正上方，说出了令人难以置信的话：

“Enhance armament.”

黑色手枪咔嚓一声开始变形，缝隙间亮起了深红色的光。

武装完全支配术——

这意味着伊斯塔尔的主武器根本不是碎掉的军刀，而是那把手枪。

他一扣动扳机，枪口就迸射出了血红色的光芒，这簇光迅速穿过心意防护罩，扩散成球状。

我被光照到也没有感觉到灼热和疼痛，却产生了一种灵魂被冰冷的手抚过般的不快感。

这让我反射性地想起了自己在Unital Ring世界被魔女穆达希娜施加窒息魔法时的情景，两者效果完全不同，但都给了我一种被诅咒般的感觉。这个术式的效果究竟是……

答案很快就揭晓了。

首先，我生成的水晶门及门内的史蒂卡都瞬间消失了。

然后是亚丝娜和爱丽丝大叫着往下掉，我立即试图用心意撑住她们，但这时我和艾欧莱恩也已经开始坠落了。

我再怎么极力祈求也没能阻止下落——想象在改写世界之前就被打消了。

心意无效化空间——这就是伊斯塔尔的武装完全支配术的真面目。

但这下伊斯塔尔自己也飞不起来了吧……我这样想着，环顾四周，发现远处有一个黑影在垂直下落，而且速度很快——他像在跳伞似的把双手紧紧贴在身上，故意急速降落。

伊斯塔尔是冲着坠落在北侧山丘旁的两架机龙而去的，兴许是想和司金还有多姆伊一起逃脱吧，但要是以这个速度撞上地面，他这样的强者也不可能毫发无伤。

而他的解决方案十分简单——在撞上地面之前，他用术式生成了几个风素，并将其解放，拿爆炸的气浪当气囊进行缓冲，让双脚稳稳地落在了地上。

他先转身跑向其中一架机龙，拉起摔在地上的驾驶员——多姆伊，再跑向另一架机龙救起司金，拉着两人跑上了山丘。

途中他还回头看了正在坠落的艾欧莱恩一眼，可惜距离太远，我看不清他的神情。

三人的身影越过山脊，最终消失不见。

两架机龙旋即相继爆炸，估计是司金和多姆伊启动了自爆装置吧。心意无效化空间的光膜恰好只扩展到了那座山丘的另一头，只要去到那里，他就可以再次用心意飞行——很遗憾，我们似乎没有办法阻止他们逃走了。

现在更重要的问题是我们还在坠落。亚丝娜和爱丽丝都没有再大喊大叫了，而是一齐看向我，无声询问我下一步的计划——既然不能用心意，我也只能继续往下掉，像伊斯塔尔那样用风素抵消冲击了。

正想让其余三人做好制造风素的准备，一个又黑又长的圆筒状物体就从正下方抬升，接住了我和艾欧莱恩，又伸向亚丝娜和爱丽丝，将她们接住。

而这个一米半粗、二十米长的飞行物体……正是之前还被囚禁在基地里的黑色大蛇神兽。它似乎是在我们不知不觉间醒了过来，飞越心意无效化空间来救我们了。

我看向大蛇前进的方向，隐约能看到它胀鼓鼓的头部，还有一条小黑蛇贴在它的头顶上，正兴奋地摇着尾巴。

神兽降落到地面附近便再度升空，我忽然想到一件事，看向地面，发现从“阿乌斯”迫降的乘员和逃过大爆炸的基地工作人员都瞠目结舌地仰望着我们。

“艾欧，这些人要怎么处置？”

“只能先放着不管啦。只要控制住大型机龙和基地，就有足够的证据指证他们的阴谋了。”

“原来如此……”

于是我点了点头，看向站在我身后三米处的亚丝娜和爱丽丝。她们好像还没有搞清楚状况。

亚丝娜小心翼翼地从神兽被光滑鳞片覆盖的背上朝我走近，说：

“桐人，这条大蛇到底是……”

“是很久以前就住在阿多米纳星上的神兽。”

“神兽?!”爱丽丝惊呼一声，跪下用右手抚摸它的鳞片，“我还是第一次看到活的神兽，啊……不算之前的深渊之恐惧才是。”

“那大概不能算作同类吧。”我苦笑着说，然后挺直身子，向她们鞠了一躬，“爱丽丝、亚丝娜，谢谢你们来帮我。要是没有你们，我们就命悬一线了。”

“别放在心上啦。可是桐人，刚才的门是……”

刚听亚丝娜说到一半，就有一个深沉的女声直接从我脑海中响起：

“黑王，你想要妾身带你去哪里？”

“什……什么?!”

我不禁四下张望，这才意识到这是神兽的声音。

回过神来才发现，我们已经把基地远远抛在了身后，也穿过了心意无效化空间，换句话说就是可以用心意飞行了，但既然神兽愿意送我们一程，那我自然是恭敬不如从命。

“等一下……我看看！”我朝神兽的头喊完就朝大致方向发出了心意雷达波，很快就有了回声，我便指向左前方说，“麻烦你飞去那里！”

说完我又有些担心神兽能否听懂，但它马上就掉转了方向。

在黄色花田上空飞了几分钟，前方就出现了一座很小的山丘，神兽在我开口之前就开始降落，轻飘飘地落在了山丘面前。

我们四人同时从它背上跳下来，走远一些才回头去看，发现它将二十米长的巨大身躯蜷成金字塔的形状，正用三双共计六只眼睛俯视着我们。

“黑王，感谢你将妾身与吾子从牢笼中解放出来。”

灵动的声音再次在我脑中响起。吾子说的应该是伏在它头上的小黑蛇吧。

伊斯塔尔他们用药物强迫这只神兽产子，还将这些幼崽统统改造成了活体导弹，我无法想象在我闯进去之前有多少孩子成了牺牲品，我也不忍心去问。

“不……我们才要说谢谢。我们人类对你做了这么过分的事，你还愿意帮助我们，真是太感谢了。”

我、亚丝娜、爱丽丝还有艾欧莱恩一起深深地向神兽鞠了一躬。

“不必在意。妾身很清楚人族之中既有善人，亦有恶人，总有一天会让那些抓住妾身的恶徒付出代价。”

“到时候我一定帮忙。”

等我抬头说完，我似乎看到神兽露出了微笑……

紧接着，盘成一团的巨蛇将尖细的尾巴伸到了我面前，而尾尖上挂着一个用绳子束口的皮袋。

“收下吧。”

“欸？这……这是……”

“这是你很久以前交给妾身保管的东西，还说若你未来再次出现，就将这个交给你。”

“什……”

我不禁呆住了。照这么说，这是星王时期的我留给终有一天会再次来访Under World的我的东西。

“据说你本来是要走遍这颗星球，通过众多试炼才能来到妾身这里的……不过既然这样重逢了，那直接交给你也无妨。收下吧。”

神兽边说边将尾巴伸了过来，我便用双手抓住了皮袋。

尾巴随即脱离绳子，收回到蜷曲的躯体下面。解释一下神兽的话，就是星王陛下似乎还为我准备了超长篇的连续任务，但由于本应在最终章遇见的神兽被伊斯塔尔抓住，又被我救出，那些任务就全白费了。我不由得有些遗憾，但“真走运！”的心情比这强了十倍。

“后会有期了，黑王……白王妃、黄金骑士，还有青剑士。”

“咻！”

神兽向我们告别，它头顶的小蛇也很有精神地叫了一声。

漆黑大蛇的长长身躯打着转儿向空中飞去，上升到遥远的高空就迅速往朝阳的方向远去了。

我们静静地站在原地，大约五秒过后，爱丽丝打破了沉默。

“桐人，这是……”

“嗯，这大概就是……”

我解开袋口的绳子，将手伸进去，从中取出一个二十厘米见方的盒子，像是玻璃，又像是金属造的，十分不可思议。盒子表面没有任何记号，我却很清楚里面装着什么。

“爱丽丝，这就是‘封印之箱’，Deep Freeze术式的一切都在这里面。”

“欸……”

爱丽丝震惊地用双手捂住嘴巴，那蓝宝石般的眸子里亮起了七色的光彩。

ト23

西历2026年10月3日 / 星界历582年12月7日，下午4点27分——

我、亚丝娜、爱丽丝、艾欧莱恩带着X'rphan十三型回到了卡尔迪纳的中央大圣堂。

我们当然没有强行让损坏的X'rphan起飞——我在无法动弹的机龙旁边再次做出巨大的“门”，并用心意让机体悬浮起来，把它塞进了门里。

“门”目前还得让亚丝娜或爱丽丝待在连接的地方才能固定坐标，好在只要连接过一次就可以再度想象，但问题是我第一次造“门”时，亚丝娜她们并不在第九十五层“晓星瞭望台”，而在第九十四层的厨房里。

因此第二次造出的“门”连通的自然也是厨房，我只好先让亚丝娜和爱丽丝进门，自己留在阿多米纳，等她们移动到第九十五层以后再以那里的坐标重新造“门”。用游戏术语来说，就相当于是把传送门的出口设在了同一栋建筑的一楼和二楼，不过这暂时不成问题。

我和艾欧莱恩带着X'rphan一起穿过“门”回到第九十五层后，自然遭到了史蒂卡和罗兰涅的连串提问。

尤其是史蒂卡，听说她那时正好要来厨房拿料理，却透过“门”目击了艾欧莱恩和伊斯塔尔的决斗，之后便一直焦急不安地等待我们回来。我很想和她好好解释，但时间宝贵，我实在没法一一回答她的问题。

于是我将说明的任务塞给机士团团长阁下，与爱丽丝、亚丝娜一同全速跑向第八十层的云上庭园。

而爱丽丝紧紧地抱着“封印之箱”，甚至不等大门完全打开就率先冲了进去，飞也似的跑上了绿色的小丘。

一名少女术师和两名女骑士依然在丘顶金桂树的怀抱中沉睡，这正是最高祭司阿多米尼斯多雷特在许久以前创造的禁术——Deep Freeze。

爱丽丝跪倒在深爱的妹妹赛鲁卡面前，将泛青的灰色小盒轻轻放在了草地上。我、亚丝娜、艾欧莱恩、史蒂卡、罗兰涅、艾莉还有她肩上的小老鼠纳兹都在后面紧张地守望着。

尔后爱丽丝将手指放到盒子侧面，将其拿起。与盒子浑然一体的盖子一下子打开，露出了里面的东西。

盒子内衬是深蓝色天鹅绒，上面的凹槽收纳着一个小小的卷轴和三个水晶瓶，爱丽丝疑惑地回头看来，我便开口说：

“卷轴写着Deep Freeze的完整术式，小瓶装着由解除术式转化而成的药，应该是这样。”

“药？就是说不用吟唱漫长的术式，只要洒一点这个小瓶子里的药就能解除石化了吗？”

我默默点头。

见状，爱丽丝再次转过头去，取出了最右边凹槽里的小瓶。

她盯着像宝石一样经过多面切割的瓶身看了一会儿，便跪着走近赛鲁卡，又用左手按住自己的胸口，连续做了几次深呼吸才拔掉瓶塞。

——星王，要是石化没有解除，我就揍你一顿。

我向过去的自己说道，静静地等待那个瞬间到来。

爱丽丝伸出右手，然后缓缓转动颤抖的手，在赛鲁卡头顶将药瓶倾倒。

从细长瓶口流出的液体闪着蓝色的光，滴落在赛鲁卡的额发上，又顺着她的脸颊一路流到了脖颈处。

一秒……两秒……三秒……

如永恒般漫长的五秒过去了。

赛鲁卡石化的全身亮起了蓝色的磷光。

从脚尖到指尖，再到长袍的衣角都渐渐恢复了原本的颜色和质感。耸立在她背后的金桂树仿佛知道树下发生了什么事，正让枝叶沙沙作响。

只见赛鲁卡披着的纯白头纱在微风吹拂下轻轻晃了一下。

一缕富有光泽的柔顺褐色发丝随即垂落下来。

她的睫毛颤了颤，缓缓往上抬——

蒙眬的蓝色眼睛眨了一下、两下，终于有了焦点。

“姐姐？”

那浅粉色的双唇发出了细小但清晰的声音。

“赛鲁卡!!”

爱丽丝带着哭腔呼唤着妹妹的名字，扑到她的怀里，把脸埋到白色长袍的肩膀处，用双手紧紧抱住了她的后背。赛鲁卡也流着泪，一遍又一遍地呼唤着姐姐的名字：

“姐姐……爱丽丝姐姐！”

我用右手擦了擦眼角，走近爱丽丝背后的盒子，弯身取出剩下的两个小瓶，将其中一个交给亚丝娜。

“亚丝娜，帮我解除蒂洁的石化吧。”

“嗯！”

亚丝娜眨眨眼，擦掉泪珠，笑着点了点头。

我走向站在赛鲁卡右边的罗妮耶，拔出了瓶塞。

她的外表比担任我的随从练士的时候成长了十岁左右，个子也长高了一些，面相却没有一丝改变。

——我回来了。

我在心中对她说，继而将小瓶中的液体倾注到她身上。同样的现象再次出现，石化迅速从长袍的衣摆开始往上解除。

她的脖颈、脸庞、眼眶都慢慢恢复了生气，额发随风摇摆，眼睑微微颤动……然后缓缓睁开。

被那双如湖水般澄净的眼眸直勾勾地看着，我瞬间想起了艾莉的话——罗妮耶和蒂洁二十五岁左右便被施以天命冻结术，之后再过大约五十年就被石化冻结在这里了。也就是说，此时她们的精神年龄都已经超过七十岁，我在她们面前就和小孩子一样……

不过，我的担心完全是多余的。

“桐人学长！”

她带着与修剑学院时期别无二致的表情和声音猛地扑了过来。我连忙接住她，拍了拍她的后背：

“好久不见了，罗妮耶。我很高兴能再见到你。”

我勉强挤出这句话，罗妮耶便以强得可怕的力道紧紧抱住我，一遍遍地说：

“是……是！”

过了将近五秒，她的思维才终于跟上现状，小声惊呼道：

“对了……蒂洁和赛鲁卡怎么样了?!”

“别担心，她们的石化也解除了。”

说着，我放开罗妮耶，转过头去。

随之映入眼帘的却是一副让我意想不到的景象。

蒂洁在亚丝娜的帮助下解除了石化，接着她向前走了几步，瞪圆了那双红叶色的眼睛去凝视一个人。

那人就是戴着白色面罩的整合机士团团长——艾欧莱恩·赫伦兹。

（待续）

后记

非常感谢您阅读《刀剑神域 026 Unital Ring V》。

2018年末出版的Unital Ring篇至此已来到第五集，往返于两个世界的故事也终于进入高潮……本应是这样的，但我必须写的和纯粹是我个人想写的故事都在不断涌现，作为一名记录者，我很苦恼要怎么取舍。不过这也是常有的事了！

（下面的内容会涉及本书的剧透。）

这一集总算达成了UR篇开始以来的一大目标——写到罗妮耶、蒂洁、赛鲁卡复活的场景，真是让我感慨万千。每次在文中写到当今距UW篇及之后的Moon Cardle篇已经过去了两百年，我都会很担心三人是不是真的还能重逢，但还是尽力在这一集里让桐人前往阿多米纳星完成了取回解除Deep Freeze的术式的任务，不只是桐人，我也发自内心地松了一口气。

当然不能说这样就万事大吉了，尤其是一醒来就见到艾欧莱恩团长的蒂洁，她会做些什么呢?!虽然本集到这里就戛然而止了，但下一集应该能揭开团长的神秘面纱，敬请各位读者期待！

另一方面，Unital Ring世界的攻略也在顺利推进，本集也终于写到了这个世界的全貌。即使桐人和亚丝娜不在，西莉卡、诗乃她们也向超强的野外头目发起了挑战，希望各位读者也能从中感受到她们的成长。

然后，在本书发售的2021年10月，剧场版《刀剑神域 进击篇 无星之夜的咏叹调》终于开始上映了！

从亚丝娜的视角重新讲述在一切的起点——浮游城艾恩葛朗特发生的故事，实在是一个极具挑战性的企划。身为作者，身为桐人及亚丝娜的粉丝，我也很期待能看到这部电影。大家也要去电影院看哦！

本集交稿后遇到了各种各样的问题，给绘制插图的abec老师、责编三木先生、安达先生添了不少麻烦，真是万分抱歉。我一定会好好努力，争取下一集不出差错的！也感谢各位读者一直看到这里！

（注：上述时间均为日文版的情况。）

2021年9月某日 川原砾